La cocina de los libros de Soyangri

La cocina de los libros de Soyangri

Kim Jee-Hye

Traducción de Héctor Nicolás Braessas y Joo So Mee

Ǫ Plata

Argentina – Chile – Colombia – España
Estados Unidos – México – Perú – Uruguay

Título original: *Book's Kitchen*
Editor original: Sam & Parkers Co., Ltd., Korea 2022
Traducción: Héctor Nicolás Braessas, Joo So Mee

1.ª edición México: marzo 2025

Todo el contenido del presente libro, incluidas las imágenes e ilustraciones de cubierta, es original y se encuentra sujeto y protegido por las actuales normativas de Propiedad Intelectual españolas y europeas. Su uso y/o reproducción, ya sea total o parcial, para el entrenamiento de tecnologías o sistemas de inteligencia artificial, así como cualquier tipo de minería de datos, queda terminantemente prohibido. El editor en tanto que titular de los derechos de la obra ejecutará las acciones que considere necesarias ante cualquier uso no autorizado.

Reservados todos los derechos. Queda rigurosamente prohibida, sin la autorización escrita de los titulares del *copyright*, bajo las sanciones establecidas en las leyes, la reproducción parcial o total de esta obra por cualquier medio o procedimiento, incluidos la reprografía y el tratamiento informático, así como la distribución de ejemplares mediante alquiler o préstamo público.

Copyright © 2022 *by* Kim Jee Hye
All Rights Reserved
Publicado en virtud de un acuerdo con Sam & Parkers Co., Ltd.
c/o Danny Hong Agency, a través de New River Literary Ltd.
© de la traducción, 2025 *by* Héctor Nicolás Braessas y Joo So Mee
© 2025 *by* Urano World Spain, S.A.U.
Plaza de los Reyes Magos, 8, piso 1.º C y D – 28007 Madrid
www.letrasdeplata.com
Ediciones Urano México, S.A. de C.V.
Ave. Insurgentes Sur 1722, 3er piso. Col. Florida
Ciudad de México, 01030. México
www.edicionesuranomexico.com

ISBN: 978-607-8998-21-0
E-ISBN: 978-84-10495-36-4

Fotocomposición: Urano World Spain, S.A.U.
Impreso por: Kreishaus, S.A. de C.V.
Cerrada de Héctor Ortíz Mz. 3, Lote26
Col. El Vergel, 09880, Iztapalapa, CDMX.

Impreso en México – *Printed in Mexico*

Prólogo
La cocina de los libros de Soyangri

El aguanieve que cayó durante el amanecer se posaba sobre las ramas de los ciruelos y desaparecía dejando rastros húmedos. Aunque la luz era pálida, el resplandor primaveral caía suavemente sobre ellas y ablandaba poco a poco los alrededores. La brisa parecía agitarlas con delicadeza de cara al rígido y seco invierno.

Eran las dos de la tarde. Yujin revisaba el acabado del suelo de baldosas cuando alzó la mirada. Había abierto los ventanales de par en par para ventilar el olor a nuevo del edificio, pero una fragancia dulce y pura entró desde el exterior. El ciruelo, que se alzaba silencioso del otro lado, mecía sus hojas de color verde claro para saludarla. Del lado de la sombra, los capullos se amontonaban apretados, listos para florecer, mientras que del lado luminoso ya se podían ver flores diminutas, humedecidas por el rocío, que levantaban sus cabezas blancas como bebés que se despiertan de la siesta.

Yujin se acercó al ventanal y abrió el mosquitero. La mampara, que no tenía ni una mota de polvo, se abrió con facilidad. Como si la estuviese esperando, la brisa al pie de la montaña entró como una ola. Y, al mismo tiempo, el aroma de las flores del ciruelo llenó la habitación. Al observar los pétalos que parecían copos de nieve, se dio cuenta de que era la primera vez que los miraba tan de cerca. Los pétalos blancos e impolutos se asemejaban a las baldosas de «La cocina de los libros de Soyangri», a la que solo le faltaban los toques finales. Detrás del árbol ondeaba una sábana blanca que habían lavado para la próxima estancia de lectura. No sabía si el aroma dulce que había percibido antes provenía de las flores o del suavizante de tela, pero fuera lo que fuere la hacía sentir tan tranquila y somnolienta como los capullos del ciruelo.

Yujin se alejó del ventanal y observó la cafetería literaria repleta de estanterías. Eran altas y llegaban hasta el techo; estaban casi vacías ya que todavía no había acomodado los libros. Parecían estanterías de muestra de una casa modelo. En los lugares donde colocarían los libros, las luces lineales brillaban con delicadeza, iluminando los estantes como si se tratara de escenarios vacíos.

Pronto este espacio se transformará en un lugar lleno de olor a libro.

En ese momento, vio una hoja de papel A3 pegada a la pared. Era el plano de diseño que había terminado después de incontables correcciones y reflexiones. Estaba marcado por todos lados con lápiz y bolígrafo; también había algunas anotaciones. El plano, arrugado de tanto manipularlo, resaltaba en la sala donde no se veía ni una mota de polvo. Yujin acarició la hoja llena de anotaciones. No podía creer que la librería, que solo había visto en planos de diseño y simulaciones 3D, por fin estuviese terminada en el mundo real.

La cocina de los libros era un espacio multifuncional que combinaba una cafetería literaria, donde no solo se vendían libros sino que también se realizaban eventos, con una estancia donde podías leer y descansar. En total había cuatro edificios. Primero estaba el área de la estancia, que se dividía en tres de esos edificios, de los cuales cada uno era una pensión independiente de dos pisos. En el primer piso del edificio restante estaba la cafetería literaria, y el segundo piso era donde viviría el personal. Los cuatro estaban conectados por un invernadero de vidrio ubicado en el jardín central. Es decir, los cuatro edificios estaban distribuidos en forma de cruz alrededor del jardín.

El frente de la cafetería estaba hecho de ventanales y la vista de Soyangri parecía un cuadro de lo más bello. Más allá de los ciruelos se veía una cadena montañosa. Al observar esas curvas enormes y delicadas que parecían una falda ondulante, Yujin pensó que tal vez todo era un sueño. Al haber vivido casi toda su vida en Seúl, sentía que esa gran ciudad de edificios altos y puntiagudos, tiendas 24 horas, franquicias de café, una red de metro gigante y enormes complejos de viviendas era mucho más real que Soyangri.

—¡Yujin, mira si esto está bien colgado! —Siwoo la llamó desde afuera.

—¡Espera un momento!

Cerró el mosquitero con la mano derecha, guardó la cinta métrica en su delantal con la izquierda y salió corriendo. Siwoo y Hyungjun estaban intentando nivelar un cartel de dos metros de largo que habían colgado en el café.

En el cartel se leía en letras grandes: «Nos estamos preparando para la apertura de "La cocina de los libros de Soyangri". ¡Reservas de alojamiento a partir del 1 de abril!», y debajo estaban escritos el número de teléfono y la cuenta de Instagram.

—Se ve bien. Aguarden, voy a tomar una foto —dijo Yujin.

Sacó el móvil del bolsillo del delantal y tomó una foto desenfocada. No pensaba en nada más, solo quería asegurarse de que el cartel estuviese bien nivelado. No tenía idea de cuánta nostalgia le iba a generar encontrarse esa imagen varios meses después. En la foto, Siwoo aparecía con su flequillo ondulado al viento mientras sonreía de oreja a oreja, y Hyungjun mostraba su típica expresión de indiferencia.

Se podría definir tanto a Siwoo, su primo menor, y a Hyungjun, su empleado, con dos palabras: agua caliente y agua fría. Siwoo era impulsivo, extrovertido y amigable, mientras que Hyungjun era tranquilo, introvertido e independiente. Los dos parecían estar sentados en un extremo opuesto de un subibaja. Al ver a Siwoo correr para mirar la foto y a Hyungjun caminar despacio, pensó que le gustaría que existiese alguien con lo mejor de ambos.

—Siwoo, ¿no te parece que el lado izquierdo está un poco más arriba? —preguntó Yujin.

Siwoo inclinó la cabeza y miró detenidamente la pantalla del teléfono antes de responder.

—Mmm, no sé. Creo que se ve así porque la base del almacén de abajo, que solía ser un cobertizo, está un poco inclinada.

—Hyungjun, ¿tú qué opinas?

—Yo creo que está… bien.

—¿Verdad que sí?

Siwoo y Hyungjun cruzaron miradas, sonrieron al mismo tiempo y chocaron las manos. En momentos así, parecían gemelos que compartían una misma alma.

Sonrió al verlos de espaldas y luego observó la librería que se hallaba al pie de las montañas. El edificio moderno, compuesto por cuatro bloques, se alzaba imponente como un ítem de un videojuego. Yujin no podía discernir dónde estaba, qué año o qué día era. Los últimos diez meses habían sido un viaje similar a un sueño, que se desvanecería en cuanto despertara.

Si me preguntaran por qué abrí una librería en el campo, no sabría qué responder. Ella solía decir que, cuando se jubilase, quería vivir rodeada de libros en un bosque tranquilo, pero nunca imaginó que a los treinta y dos años tendría una cafetería que ofrecía estancias literarias en Soyangri.

Sin embargo, desde el momento en que decidió comprar el terreno, se desató sobre ella un ritmo de actividades frenético como un huracán. Solicitó el registro de su negocio y, para pagar el anticipo, vendió deprisa su apartamento. Esperó ansiosa los resultados de la evaluación del banco para obtener un préstamo hipotecario y vendió casi todas las acciones que tenía para cubrir los costos de los permisos y la construcción. Tomó un curso para conseguir la licencia comercial de la cafetería y, como pensó que debía conocer lo básico en la materia, asistió a una academia para obtener la certificación de barista. Además, revisó los planos del edificio hasta la madrugada con el arquitecto que Siwoo le había presentado. Se dedicó bastante tiempo a elegir los libros y a buscar y firmar contratos para fabricar *merchandising*, como tazas, cuadernos y bolsas ecológicas. Pasó horas interminables consultando revistas de diseño de interiores y materiales de referencia, seleccionando minuciosamente muebles, decoraciones, artefactos de iluminación y electrodomésticos.

Tardó más de dos semanas en elegir el nombre de la librería: «La cocina de los libros de Soyangri». Mientras pensaba en un nombre adecuado para un lugar lleno de libros, se dio cuenta de que cada libro tiene un sabor único y que ese sabor se percibe distinto según los gustos de cada persona. Por eso lo llamó de esa forma: así como uno se adapta a los gustos de cada persona al recomendar un plato, quería recomendar libros que fuesen un mimo al alma, como una buena comida que cura el espíritu. Deseaba que «La cocina...», impregnada del delicioso aroma del papel, fuese un lugar de encuentro donde las personas pudiesen abrir sus corazones, consolarse y recibir ánimo. Finalmente, el huracán en la vida de Yujin se calmó. Casi sin darse cuenta, había entrado en un mundo nuevo.

De repente, tuvo hambre. Solo había desayunado un dónut duro y media manzana. Se suponía que iban a entregar los libros por la mañana, por eso había decidido esperarlos y después almorzar, pero ya eran las dos de la tarde pasadas y no habían llegado. La dirección de la librería todavía no estaba registrada en los mapas de GPS y por eso los repartidores solían perderse y llegar tarde. Se dio la vuelta y vio que Siwoo y Hyungjun discutían algo mientras revisaban la tableta.

—Chicos, no sé cuándo llegarán los libros. ¿Qué tal si vamos al centro a almorzar y después pasamos por el supermercado? Hyungjun, ya que vamos al centro, podrías volver a tu casa después.

 La abuela y el cielo nocturno

Cuando Dain iba a la secundaria, la actividad principal de los fines de semana era participar en audiciones. De hecho, era casi su única actividad. Aunque le afirmaban que tenía una voz aceptable, escuchaba los susurros a sus espaldas que decían que no tenía el rostro adecuado para ser una celebridad. Dain lo sabía. Cuando se miraba en el espejo y veía su cara regordeta y aniñada llena de protector solar, solo podía pensar en los niños deslumbrantes que había visto en las audiciones. No era que ellos se hubieran sometido a cirugías estéticas, pero sus rasgos parecían los de una muñeca. Eran esos niños que al caminar por la calle llamaban la atención de todos, jóvenes y adultos, de manera consciente o inconsciente. Cuando iba a las audiciones se quedaba mirándolos con asombro, como si ya fuesen celebridades. A veces se preguntaba si existía una escuela especial para futuros artistas.

Cuando debutó bajo el nombre de «Diane» gracias a una pequeña productora, no llamó la atención de nadie. Vivía en un mundo donde cada año debutaban más de una docena de grupos de *idols*, pero solo dos o tres lograban sobrevivir; el resto desaparecía en silencio. Los nombres que no lograban destacar eran olvidados en cuestión de meses como lápidas viejas de un cementerio. Además, era la primera artista de esa empresa. Aunque habían contratado a cinco o seis personas con experiencia en la industria, era imposible que manejasen el *marketing* o el vestuario con la precisión de las grandes agencias. Se parecía más a un club universitario. Las reuniones, que más bien eran cotilleos interminables, duraban horas: «¿Qué tal esto? ¿Y esto otro? ¿Por qué no tal cosa?». Al final todos coincidieron en algo: Dain no encaja en el concepto de *idol*. En eso, al menos, estaban de acuerdo.

Era la época en que el grupo femenino Delicious dominaba la escena musical en Corea. Delicious era sinónimo de *idols*. Todas tenían cuerpos de Barbie, rostros adorables y sonrisas que parecían tocadas por la varita mágica de la felicidad. *Claro, yo no soy una «idol»*, pensaba Dain cuando las veía. Sin embargo, si el mundo no la ponía en esa categoría, no sabía cómo definirse a sí misma. Consideró usar su juventud como estrategia de *marketing*, pero para ese momento ya había cantantes más jóvenes listos para debutar. Alguien que «no deslumbra, pero tiene la voz de Mariah Carey» no despierta el interés de la gente. En ese entonces tampoco escribía ni componía sus canciones, por lo que no podía presentarse como cantautora.

Sin embargo, tan solo tres años después de su debut, Diane se convirtió en «La querida hermanita de la nación». Su mayor talento era escuchar y contar historias. De pura casualidad, la convocaron para reemplazar a un columnista fijo en un programa de radio a las diez de la noche y llegó a captar la mayor audiencia semanal. El productor la contrató y, en tan solo seis meses, comenzó a participar regularmente en cinco programas de radio.

La calidez de su voz jugaba un papel crucial a la hora de construir las historias de los invitados. El tono un poco ronco pero encantador que transmitía a través de la radio les hacía parecer que estaban charlando con una amiga. Dain irradiaba la dulzura adorable de un *muffin* de chocolate hecho con mucho cariño, aunque un poco imperfecto. Los invitados se sentían reconfortados por sus palabras, que llegaban a lo más profundo de su corazón. Además, las canciones eran el clímax sorpresivo del programa. En una ocasión se viralizó un vídeo que el público consideró legendario: interpretó *Hero* de Mariah Carey, una canción que demanda una voz potente, seguida de *Lucky* de Jason Mraz, que requiere una voz dulce.

El primer éxito que entró en el top diez fue *Día de primavera*. Era una pieza de *jazz* acústico sobre una joven que trabajaba a media jornada en una tienda de conveniencia y soñaba con viajar a Marruecos cuando llegase la primavera. La melodía encajaba a la perfección con la voz de Dain y se alejaba de los típicos ritmos del *k-pop*. Tenía un aire *indie* y al mismo tiempo era accesible al público general. Lamentablemente, cuando se lanzó el álbum, no tuvo mucha repercusión. Pero todo cambió cuando un *idol* cantó un fragmento en un programa de entretenimiento. Después, se viralizó un vídeo de estudiantes de secundaria que lo bailaban durante una excursión y se utilizó de fondo musical en un anuncio de teléfonos móviles. Tres meses después de su lanzamiento, comenzó a escalar en las listas. A partir de ese momento, estaba en la cresta de la ola. El *single* digital *Lo único que necesito* alcanzó el puesto número uno en las listas apenas apareció y mantuvo esa posición durante un mes. El vídeo rompió récords de visualizaciones en YouTube y a Dain le llovieron propuestas para aparecer en anuncios publicitarios. Los agentes reconocieron de inmediato que, gracias a su rostro poco glamoroso y su voz pura y sin adornos, era una estrella en ascenso.

Se sentía en el cielo. Hacía tres meses nadie sabía quién era, pero ahora ya muchas personas empezaban a reconocerla. Se convirtió en la primera invitada en todo tipo de eventos y recibió una avalancha de solicitudes para participar en álbumes. También fue bien recibida en el extranjero, situándose en los primeros puestos de las listas asiáticas de iTunes.

Generó una explosión de fanáticos, que la trataban como si fuese una diosa.

Tenía miedo. No había cambiado mucho en los últimos tres meses, pero todo el mundo la empezó a tratar distinto. De la nada, el público se había fascinado con su asombroso talento. Desconfiaba de su popularidad como si fuese una burbuja en agua hirviendo que sube a toda velocidad para estallar.

El tiempo pasó volando al ritmo acelerado de un *hit* bailable. Había mantenido el título de *Top Star* durante ocho años. En el imaginario popular, era una «chica adorable». La gente creía que era la imagen de la dulzura, como un *macaron* color pastel. En los vídeos, aparecía bailando con un vestido floral con volados mientras sonreía. Los *fans* masculinos soportaban los San Valentín solitarios viendo sus actuaciones. Durante años, Diane fue la modelo a seguir más popular entre las adolescentes.

En realidad, a ella le gustaban las sudaderas con colores sobrios más que los vestidos con estampados florales. Incluso en el estudio de grabación se sumergía en su propio mundo y no vivía acelerada como una modelo de un anuncio de vitaminas. Durante su adolescencia, nunca se emocionó con muñecas o pasteles de Navidad. Le gustaba estar sola y reflexionar sobre temas profundos como la vida y la muerte. Por supuesto, sus padres la consideraban adorable, aunque no era muy charlatana ni cariñosa. Era muy introvertida y no mostraba sus emociones de forma impulsiva, pero se preocupaba atentamente por los demás y sin presumir.

Tal vez por eso, a menudo, sentía que la imagen que se mostraba en los anuncios o programas de entretenimiento era falsa. También le asustaba que el cariño y el interés del público se transformaran en críticas y acusaciones.

Hacía mucho que no tenía un jueves libre. Había planeado dormir hasta tarde, pero no pudo y se levantó agotada. Se quedó dando vueltas en la cama hasta las tres de la madrugada y, cuando por fin logró dormirse, soñó tantas cosas que no pudo descansar bien.

Soñó que corría por un pasillo estrecho y largo con tacones altos porque estaba yendo a un programa de radio en vivo. La escena cambiaba y se encontraba en un estudio de un *talk show* donde ella era la presentadora. Hablaba con ánimo, pero el rostro del invitado se ponía rígido sin razón y se iba tornando cada vez más inexpresivo. Aunque se sentía avergonzada, continuaba hablando mientras enfocaban su cara.

Se despertó sobresaltada. La última parte del sueño se disipó como el humo. Despeinada y sin poder abrir bien los ojos, salió de la habitación y encendió la tele. En la pantalla aparecía una versión de sí misma perfectamente maquillada, sonriente y charlatana en un *talk show*. El programa terminó con un vídeo musical suyo en el que se la veía tan adorable, pulcra y atractiva que se sorprendió.

De repente, sintió que la imagen en la tele era una cáscara vacía. Estaba confundida. Ser cantante había sido su sueño desde que era una niña, pero no había comenzado a cantar para ser amada por los demás. Creía que la habían aceptado por su forma de comunicarse, por su música, pero se había equivocado. En algún momento, Diane se convirtió solo en un objeto preciado para el público.

Aquella noche, tumbada en la cama, comenzó a escuchar los latidos de su corazón resonando en sus oídos. Al principio era un ruido sordo, como un tren que se acerca a lo lejos, pero empezó a sonar más fuerte hasta que sintió que el tren estaba a su lado. Se le aceleró la respiración. Algo en la oscuridad la estaba estrangulando. Sentía cómo poco a poco se iba quedando sin aire.

Sin darse cuenta, ya estaba soñando: era un animal encerrado en una jaula de cristal que todos podían ver. Primero se convirtió en una mona que hacía reír a los niños, después en un pingüino emperador que causaba ternura entre los veinteañeros por balancearse con torpeza. Después se transformó en un panda, el animal más popular del zoológico, y sonreía para ocultar sus sentimientos. El interior de la jaula podía observarse desde todos los ángulos y se transmitía en vivo mediante dispositivos móviles. El público podía elegir la ropa que vestía, el color de su pelaje y hasta los accesorios, como si estuviese cambiando su aspecto en un videojuego. No había lugar para que Dain pudiese expresar sus traumas, su tristeza, su ira o su soledad.

Extrañaba a su abuela. A diferencia de ella, su abuela era una optimista sin remedio. Cuando le ocurría algo malo que la hacía frustrarse o enojarse, se iba a dar un paseo para sentir el sol y, al regresar, se sacudía toda negatividad de encima para empezar el día de nuevo. No tenía cambios de humor como una fuerte marejada que arremete contra todo. Siempre parecía navegar en un lago sereno.

Para Dain, las manos de su abuela eran como una estufa cálida. Cuando iba a visitarla después de una semana sin dormir bien, ella le sonreía y le acariciaba el vientre. No le hacía preguntas.

La abuela muy pocas veces la escuchó cantar. Había comenzado a sufrir de *tinnitus* severo antes de que llegase a ser famosa, por eso casi no escuchaba la radio ni veía televisión.

Dain prefería que su abuela no escuchara sus canciones. La gente, fingiendo ser experta, siempre hacía comentarios superficiales como que tal canción nueva era increíble o que ya no tenía tanta fuerza como el álbum anterior. A ella le gustaba que su abuela la viera tal como era, que sin decir nada le ofreciera su regazo y la acariciara con esas manos ásperas pero amables.

Cuando sentía el tacto de las manos de su abuela, se dormía enseguida. La brisa que soplaba desde el alero de la casa tipo *hanok*, el delicioso aroma a estofado, el ladrido de un perro a lo lejos y el resplandor anaranjado de la puesta del sol parecían desearle dulces sueños. La abuela le transmitía su energía luminosa y positiva. Podía dormir diez horas sin soñar y, cuando se despertaba, salía a caminar con ella por el barrio. Compraban frutas que se vendían en cajas al borde de la carretera y en los días que abría el mercado elegían juntas pantalones tradicionales *monpe*. También compraban sopa de arroz, recolectaban lechuga de su huerta y sacaban cucharadas de pasta *gochujang* de las vasijas para mezclarlas con aceite y polvo de sésamo cuando cocinaban.

Ir a Soyangri fue una decisión impulsiva. Dain sabía que su abuela ya no vivía allí. Tres años atrás se fue a vivir a una residencia de ancianos y hace un año falleció. Los cuatro *hanok* de ciento cincuenta años donde había vivido se habían vendido hacía mucho. En parte para pagar los gastos médicos y también porque mantenerlos era muy costoso. Dain había oído que habían trasladado uno de los *hanok* a un terreno cercano y lo habían convertido en un hotel hacía dos años. Su madre le había contado por teléfono que solo quedaba en pie el almacén. Ese lugar había sido el sitio perfecto para ocultarse cuando jugaba al escondite de niña. El almacén era un caos. Solo tenía una ventanita de madera justo debajo del techo y por eso, incluso de día, siempre estaba oscuro. Cuando jugaba al escondite, solía meterse dentro de un gran armario de nácar que estaba detrás de unos sacos de arroz apilados al azar y montones de libros viejos. Nueve de cada diez veces no lograban encontrarla. Incluso cuando la buscaban allí, entraban con cautela por miedo a que hubiera arañas o insectos. Luego se iban enseguida al ver herramientas de labranza, yugos para bueyes, muelas de molino, pilas de papeles, marcos de cuadros y máquinas para hacer ejercicio, todo cubierto de polvo.

«Nos estamos preparando para la apertura de
"La cocina de los libros de Soyangri".
¡Reservas de alojamiento a partir del 1 de abril!».

Dain se quedó observando el cartel. Debajo estaba escrito: «Una cocina de libros para consolarnos y darnos ánimo. Una cafetería literaria con estancias para leer, escribir y compartir». El cartel ondeaba mecido por el viento, pero ella, perdida en sus pensamientos, no lo notaba.

Dejó escapar un pequeño suspiro. Si lo hubiera sabido antes, habría comprado la casa. Podría haberla utilizado como casa de campo o taller. Sin embargo, su padre no quería que se aferrara a los recuerdos de su abuela. Quería que se acordara del amor que le había dado, pero que no se atara a sentimentalismos.

En mayo del año pasado la familia de uno de los tíos, que vive en Estados Unidos, y la de otro tío, que regenta un pequeño hotel en España, estuvieron de visita en Corea. Los ocho hermanos, que habían estado ocupados en sus propios asuntos, al final decidieron vender el terreno de la casa de la abuela y repartir la herencia. Al fin y al cabo, los vivos deben seguir adelante. Su padre sabía que ella tenía trastornos de sueño, pero no sabía nada de los ataques de pánico. Él quería que guardara los recuerdos de su abuela con cariño, que los doblara cuidadosamente y los pusiera en algún cajón dentro de su corazón. Dain no se enojó con su padre cuando se enteró de la venta ya que comprendió lo que él deseaba.

Solo quería visitar ese lugar, donde tal vez todavía podría sentir el aliento de su abuela. Bajo las sombras de las colinas, los capullos de los ciruelos brotaban con firmeza en medio de la oscuridad desoladora del invierno. Como una adolescente que quiere decir algo pero se queda con la boca cerrada, los capullos que todavía no habían florecido goteaban a lo largo de las ramas.

A los nueve años, Dain no paraba de hablar sobre su sueño de convertirse en *idol*; su abuela solo sonreía y le decía de ir a comprar roscas trenzadas a la panadería para merendar. ¿La abuela también habrá querido contarle muchas cosas?

El camino estrecho que descendía hasta el mercado, donde solía ir de la mano con su abuela, seguía igual, y la hilera de colinas que acogían todo a su alrededor tampoco había cambiado. Solo los edificios resultaban extraños. El viento frío soplaba sin mucha fuerza como si también desconfiase de los edificios y del cartel. Los antiguos *hanok* que albergaban viejas historias ya no estaban. Delante de ella había un edificio rectangular con cuatro alas. Los techos estaban revestidos de madera y las terrazas amplias eran incluso visibles desde fuera.

Junto a los cuatro edificios rectangulares, había una cafetería pequeña de menos de 6,5 metros cuadrados como anexo. El techo era marrón oscuro y las paredes eran de cristal, lo que permitía ver las máquinas de café, los granos, las tazas de café expreso y las bandejas. Parecía una cafetería solo para llevar. El patio delantero, donde había estado la huerta de la abuela, se había convertido en un jardín. Una hilera de macetas pequeñas con flores y una tienda de campaña india daban la impresión de ser la decoración para una sesión de fotos. A pesar de que el lugar tenía un aspecto elegante y acogedor, Dain sentía el pecho oprimido.

En ese momento sopló una brisa que le iluminó el rostro y trajo consigo un aroma dulce. Miró hacia todos lados para ver de dónde venía y vio un ciruelo cuyas ramas se extendían hasta el pequeño café. Era el que su abuela había cuidado con tanto cariño. Las ramas se mecían con el viento como si estuviesen saludando. Antes de que se diera cuenta, Dain estaba caminando hacia el ciruelo.

La cafetería se encontraba a una altura similar a la del árbol, una al lado del otro. Algo en los cimientos del lugar le resultaba familiar. Al observar más de cerca, notó que la base estaba erosionada. Habían reutilizado las piedras originales del almacén que solía estar allí. Fue en ese momento cuando se dio cuenta de que habían transformado el almacén junto al árbol en una cafetería con paredes de cristal. Mantuvieron la estructura original, pero construyeron el edificio solo con vidrio y lo convirtieron en una cafetería moderna. Al mirar los cimientos desgastados del antiguo almacén, tuvo ganas de sonreír y llorar al mismo tiempo.

A Dain no le gustaba tanto la primavera. Las flores que brotaban por doquier y brillaban deslumbrantes daban la señal de que era momento de olvidar el invierno oscuro, frío y desolado. En primavera, todos hablaban de nuevas esperanzas, desafíos y comienzos. Pero quizá la primavera florezca reacia, tal vez todavía recuerde la profunda oscuridad del pasado. Aunque se marchite una vez más, tal vez solo se esté esforzando por cumplir con su deber, luchando para lograrlo a su manera.

La mayoría de las personas se emocionaba con la idea de que la primavera traería un mensaje de esperanza. Decían que era el momento de superar la depresión, el fracaso, la frustración y el desánimo. Querían hacer borrón y cuenta nueva para entregarse a esperanzas y metas renovadas. El mundo esperaba que Dain recibiera sonriente la estación de las flores con la elegancia de un edificio recién construido. Debía olvidar el viejo almacén abandonado... Así que, por supuesto, había creído que el almacén había desaparecido...

Pero seguía allí. Aunque un poco cambiado, seguía de pie y en armonía junto al ciruelo. Las piedras lisas de los cimientos parecían recordar en silencio los tiempos pasados. Dain contuvo las lágrimas. Sentía que su abuela estaba allí, palmeándole la espalda y preguntándole: «¿Cómo estás?», como hacía en el pasado. De repente recordó unas palabras de su abuela:

«La flor del ciruelo es la que más espera la llegada de la primavera. Estira su cuello y espera. Cuando ve asomar a la primavera por encima de la colina, florece con alegría. Pero todavía hace frío y nieva, los pétalos se mojan y parecen desdichados. Por eso me gustan tanto los ciruelos. Cuando los tienes cerca, esperas con ansias la primavera con ellos. Son las flores las que perciben la primavera antes que nadie. Como un niño valiente que no les tiene miedo a las heladas tardías, ponen toda su alma en florecer».

—Disculpe, ¿es usted la escritora Seojin? —inquirió Yujin, dejando una gran caja de cartón en el suelo.

Para celebrar la apertura de la librería, Seojin iba a pasar dos noches en la estancia literaria y dejaría una reseña. Era parte de la estrategia de *marketing*. Yujin había recibido un mensaje de la escritora diciéndole que llegaría ese mismo día a las cinco de la tarde. Por eso, al ver a una mujer parada frente a «La cocina...», pensó que tal vez la escritora había llegado antes de lo previsto.

—Ah, yo solo pasaba por aquí... —respondió la mujer.

Sin darse cuenta, Yujin se quedó mirando el rostro que la observaba. Lo había visto muchas veces en algún lugar. La identidad se le reveló poco a poco, casi como en cámara lenta. Aunque hacía cinco años que no veía tele, al ver ese rostro pálido como la luz invernal y esa actitud de modelo, pensó que podía ser una celebridad. Siwoo, que venía detrás con una caja, se detuvo sorprendido.

—¿Eh? ¿Cómo es que Diane está aquí...? ¡No puede ser! —balbuceó y dejó caer la caja al suelo. Se cubrió la boca con las manos y sacudió la cabeza con fuerza. Al verlo, la mujer esbozó una sonrisa tranquila. Parecía que había pasado innumerables veces por situaciones así.

Le sorprendió un poco que la mujer frente a ella no la hubiese reconocido de inmediato. *Debe ser la persona que compró el terreno*, pensó y se sintió aliviada. Al ver esos ojos amables y esos labios que transmitían seguridad, tuvo la sensación de que era una persona introspectiva. Era el tipo de mujer que le hubiese caído bien a su abuela.

Por fin Dain sintió que se había deshecho de la sombra que llevaba pegada a sus talones. Esbozó una sonrisa. No era la sonrisa que mostraba en las entregas de premios sobre una alfombra roja o en los anuncios de cosméticos. Era una sonrisa de alivio.

—Ah, entonces ¿esta era la casa de tu abuela? ¡Increíble!

—Sí, una vez me caí al intentar subir al árbol de caqui que está en el patio trasero. En otoño, iba a la montaña con mi hermana mayor para recoger castañas y me quedaba allí hasta el atardecer, aunque terminaba con las manos llenas de espinas. También, mientras intentaba atrapar libélulas con una red, a veces pisaba el estiércol de la huerta.

Dain relataba los recuerdos sobre la casa de su abuela mientras Yujin la escuchaba, intentando ver aquella infancia con sus ojos. Aquella niña que prefería los pantalones con tirantes a los vestidos, que no temía subir a los árboles y que se reía a carcajadas incluso después de caerse en la huerta.

—De verdad, siento como si estuviera en la casa de mi abuela. Es curioso, pero no me siento rara.

—Eso parece. Diane, te ves realmente emocionada. Ja, ja.

—Ah, por favor, llámame Dain. Aquí me gustaría que me llamasen así. No suelo tener muchas oportunidades de reflexionar sobre el pasado. Ni en entrevistas, ni cuando escribo en mi diario. Pero hoy, al llegar a Soyangri, todos esos recuerdos de la casa de mi abuela volvieron de golpe. Hasta siento a la niña que fui correteando por este lugar.

El aroma del americano servido en una taza con rayas grises se elevaba y mezclaba con el del gofre de canela y el bizcocho de nuez que tenía enfrente. Yujin los había traído de una pastelería famosa de la zona. Dain tomó un sorbo de café, miró a su alrededor y después fijó la vista en el ciruelo que se veía a través de la ventana.

—Y también recuerdo ese ciruelo. Mi abuela lo amaba. Mientras estaba sentada en el porche, limpiando pimientos y desgranando frijoles, el árbol se alzaba detrás de ella como telón de fondo. Ella me dijo que era el primer árbol que florecía en primavera…

Dain se acercó a la ventana que daba al ciruelo y contempló con nostalgia las ramas que empezaban a florecer. Yujin la siguió y abrió la ventana.

—Nunca quise mover esos tres árboles de ciruelo. Parecen árboles viejos, pero son tan hermosos y delicados. De hecho, también conservé la dependencia original, el pequeño granero, y construí una cafetería del mismo tamaño en su lugar.

—Sí, las piedras de los cimientos siguen ahí. Cuando las vi me emocioné mucho. Solía meterme allí cuando jugábamos al escondite.

Yujin no pudo evitar sonreír al ver lo feliz que estaba Dain.

—La idea de convertirlo en una pequeña cafetería para atender a los clientes que quieran café para llevar fue suya. Él es Siwoo, nuestro primer empleado.

Cuando Yujin hizo el comentario, Dain lo miró y le sonrió con alegría. Él le devolvió la sonrisa como un adolescente tímido, pero al encontrarse con su mirada se le puso la mente en blanco y no pudo decir nada. Al ver aquella reacción, Yujin no pudo evitar reírse. Dain le dio las gracias una vez más y, sin dejar de sonreír, continuó hablando:

—Siempre dormía bien cuando visitaba a mi abuela. Sufro de insomnio. No sé por qué. He ido al psicólogo, he tomado pastillas. Funcionaba al principio, pero después recaía. Solo cuando estaba con mi abuela podía dormir con facilidad. Ella se fue a una residencia de ancianos hace tres años y el año pasado falleció... A veces sueño con su casa. El sol siempre brilla y la luz es cálida; ella aparece vistiendo un *hanbok* y sonríe, sin decir nada. Puedo oler el bosque de castaños que visitaba de niña y transitar un mundo teñido de tonos púrpura y rojo oscuros. Pero ahora que su casa ya no está, me siento muy triste y frustrada. Cuando me despierto en la madrugada, no puedo volver a dormirme hasta el amanecer.

—Ya veo...

Yujin se sintió culpable, aunque no había hecho nada malo. Todos tienen recuerdos que quieren proteger. Sintió que, sin darse cuenta, había invadido los recuerdos de otra persona.

—A mí me pasó algo similar. Desde que llegué a Soyangri, he dormido profundamente, como si alguien me estuviera arrullando…

Dain asintió mirando a Yujin. Un silencio lleno de nostalgia se apoderó del ambiente. Era como si su abuela todavía estuviese en algún rincón de la librería. Sonrió con ternura y preguntó:

—Ah, por cierto, ¿por qué compraste este terreno? Pensé que nadie se interesaría por Soyangri ahora que se ha inaugurado una carretera en Singiri que conecta directamente con la autopista.

Yujin también sonrió. Se le vino a la mente una pequeña tienda de gofres.

—Pero ¿no habrá alguna manera de solucionarlo?

—No tenemos tiempo. Hoy es doce de mayo y el contrato tiene que estar firmado antes del 1 de junio. Es muy poco tiempo, jefe.

El hombre al que le decían «jefe» tenía la cara un poco enrojecida. Levantó el vaso que estaba sobre la mesa y se lo bebió de un trago como si fuese *soju*. El traje gris plateado que llevaba puesto le parecía incómodo y deslucido, aunque parecía de muy buena calidad. Tal vez le daba esa sensación porque le quedaba muy pequeño. La dueña de la tienda los miraba de reojo desde la cocina, preguntándose si empezarían a pelearse y si debería intervenir.

—Hace un mes te dije que este era el único momento en que mis hermanos y yo podíamos reunirnos —continuó hablando el hombre con la cara roja—. ¿Un mes? ¡Tres meses más bien! Cuando mi hermano mayor vuelva a Estados Unidos, no sé cuándo podrá regresar. ¡Ay!

El otro, que hasta ahora parecía calmado, empezó a levantar el tono como si ya no pudiese contenerse.

—Hemos hecho todo lo que estaba en nuestras manos. Corrimos la voz por todas partes, hasta llegamos a contactar con gente de otras regiones. Alguien en Daejeon dijo que le interesaba el terreno. Así que me pasé todo el día mostrándoselo y hablándole de la zona. Al final estuvo una semana sin responderme y ayer me llamó para decirme que no iba a poder comprarlo.

La persona que respondía como podía y sin saber bien qué hacer era un hombre que aparentaba estar en sus cuarenta y tantos. Tenía la cara cuadrada y los ojos grandes y amables. A pesar de ser invierno, no paraba de secarse el sudor de la frente. La cara roja parecía bronceada por el sol del campo. Hablaba con calma, pero parecía intimidado por el hombre de traje gris plateado, que hablaba rápido y de manera brusca.

—Me refiero a que necesitamos tener varias personas interesadas y mostrarles el terreno. Reunir a toda la familia ha sido muy difícil. Ya han pasado cien días desde que falleció mi madre y, si no lo resolvemos ahora, habrá una disputa por la herencia entre mis hermanos.

—Sí, jefe. Lo entiendo perfectamente. Por eso estuvimos buscando por todos lados, incluso en otras regiones, con nuestros contactos. Ya han pasado a visitar el terreno en más de veinte ocasiones.

El hombre estaba agotado de insistir tantas veces con lo mismo y cada vez lo decía con menos ganas.

—¿Qué no les gustó? —preguntó el de traje gris plateado, acercando la silla e inclinándose hacia adelante.

—Bueno, los interesados no suelen explicarme en detalle por qué no les gustó... Puede que el problema sea el tamaño del terreno. Por aquí hay muchas parcelas de entre aproximadamente 250 y 165 metros cuadrados que se están vendiendo para construir casas adosadas... El suyo tiene 825 metros cuadrados, es enorme. También es cierto que este pueblo es poco accesible en comparación con los del sur. Hay que subir un kilómetro por la montaña y casi no hay infraestructura cerca.

Frustrado, el hombre de traje gris plateado bebió el resto del agua de un trago.

La conversación se interrumpió por un momento. Una brisa entró por la ventana, y la cocina, donde hasta hacía nada se oía cómo preparaban gofres, también quedó en silencio. En la tienda flotaba un aire dulce y cálido, pero el gofre con helado entre los dos hombres yacía solo como un niño abandonado. Estaban sumidos en sus pensamientos y la bola de helado de vainilla comenzó a derretirse y deslizarse hacia un lado como una avalancha.

Frente a Yujin solo quedaba la mitad de un gofre de canela. Había leído en reseñas que los gofres de esa tienda eran famosos por ser gruesos como un filete, así que fue en el horario en el que abría. La dulzura del gofre combinada con la amargura del americano era más que recomendable. Un sabor increíble.

Al principio estaba escuchando la conversación por diversión. Hablaban tan alto y con tanta animosidad en una tienda tan pequeña que era imposible no escucharlos. Además, no tenía nada que hacer. La distancia entre la mesa redonda a la que ella estaba sentada y la mesa cuadrada de los hombres era ideal para que una oyente tímida les prestara atención sin ser descubierta.

Mientras los escuchaba, algo comenzó a movilizarla por dentro. Una sensación suave como el aleteo de una mariposa fue transformándose en un terremoto. Era como si la alarma de su teléfono no dejase de sonar. Su abrigo aún estaba impregnado con el aroma del monte Maisan de esa madrugada y la luz matinal parecía susurrarle algo en voz baja.

Se enderezó y comenzó a buscar algunas cosas en su teléfono, después abrió la calculadora. La cifra final no minimizaba el riesgo. Sin embargo, no existe información suficiente para darle a alguien el coraje de aventurarse a lo nuevo. Tomar una decisión es declarar la voluntad de aceptar los riesgos que conlleva lo desconocido. Agarró su teléfono, se levantó y se acercó en silencio a los dos hombres que continuaban sin hablar.

—Perdón… lamento interrumpiros, pero ¿podría ver ese terreno?

Al oírla, se miraron para confirmar que estaban de acuerdo. Uno se levantó torpemente; le brillaban los ojos. Se puso de pie tan rápido que golpeó la mesa con las rodillas y la hizo tambalear. Los platos casi se cayeron.

—Ah… claro, ¡por supuesto! ¿Le gustaría ir a verlo ahora mismo?

—Ese día fui a ver el terreno y en una semana ya había firmado el contrato —dijo Yujin y se rio de lo ridículo que sonaba.

Ahora que lo pensaba, no había necesidad de que hubiera hecho todo tan deprisa. Dain también se rio.

—Vaya, ¡eres imparable! Creo que conociste a mi padre. ¡Ja, ja, ja!

—Ah, ¿el señor del traje gris plateado era...?

Las dos se rieron con ganas. De repente, el teléfono de Yujin comenzó a vibrar con un zumbido y en la pantalla apareció «Escritora Seojin». Se excusó y fue a atender la llamada a otro lado. La escritora debía llegar a las cinco de la tarde, pero cuando salía de su aparcamiento rozó un coche por accidente y tuvo que gestionar el seguro y llevarlo al taller. Pidió disculpas por no poder ir. Yujin le dijo que no se preocupara y antes de cortar quedaron en reagendar la visita.

Volvió a la mesa y se quedó observando a Dain, que miraba por la ventana distraída.

—¿Tal vez... querrías quedarte aquí hoy? Nuestro primer huésped no ha podido venir y como estamos en preapertura todavía no hay clientes.

Ya habían preparado todo para la escritora. Toallas, secador de pelo, tetera eléctrica, café y té. La habitación tenía la calefacción encendida. Hasta el desayuno del día siguiente ya estaba listo. A pesar de lo inesperado, Dain se puso contenta como una niña y llamó de inmediato a su mánager. En la empresa se preocuparon cuando de la nada dijo que iba a pasar la noche sola en el campo. Después de explicarles que la pensión estaba construida sobre lo que había sido la casa de su abuela, que estaban en preapertura, que no había otros huéspedes y que la seguridad estaba bien gestionada, pudo convencerlos a regañadientes.

En realidad, Dain tenía una semana de vacaciones y ya había reservado un vuelo y alojamiento en Hawái. Pero un día antes de viajar se le ocurrió visitar el pueblo de su abuela. Yujin sonrió cuando escuchó que Dain le pedía al mánager que cambiara las reservas.

Habían reservado un restaurante de comida tradicional coreana para cuando llegara la escritora, pero eso iba a ser un problema para Dain, así que decidieron cocinar allí. Yujin y Siwoo sacaron todo lo que había en la nevera. No iba a ser nada lujoso, pero iba a ser una comida completa. Dain se ofreció a ayudar con la cena. Juntos rallaron zanahorias para la tortilla liada y cortaron rábanos para la sopa. Parecían niños jugando a cocinar de lo mal que manejaban los cuchillos. Dain dijo que casi nunca había cocinado y rompió cuatro huevos en un cuenco grande mientras se reía a carcajadas. También confesó que ni siquiera sabía freír huevos. Luego, con una expresión seria, se puso frente a la olla humeante y probó si el caldo tenía suficiente salsa de soja.

La cocina era puro alboroto y fuera se ponía el sol.

—¿Hay algo que le gustaría hacer? —le preguntó Yujin mientras cenaban.

A Dain le gustaba que no la tuteasen. Quizá porque había debutado de muy joven, todo el mundo le hablaba con un tono informal, incluso cuando se dirigían a ella por primera vez. La miró a los ojos y después se quedó mirando más allá de Yujin, perdida en sus pensamientos. La otra sentía que estaba contemplando a una celebridad en medio de la filmación de un comercial. Y entendió ese dicho que dice que la vida es una sesión de fotos. Mientras la observaba, Dain, que seguía perdida en sus pensamientos, volvió a mirarla y le dijo:

—Mirar las estrellas. Cuando venía a la casa de mi abuela, solía acostarme en el porche durante las noches de verano para verlas. Mientras miraba la Vía Láctea, me preguntaba si habría alguien en el espacio, enviándonos su luz. Me encantaría poder ver las estrellas una vez más desde la casa de mi abuela.

—Ah… Sería mejor verlas en verano. Aunque estemos en marzo, las noches todavía son invernales. Hace bastante frío. ¿Y qué hará si se resfría? Es cantante y cuidar la voz es muy importante.

En los ojos de Dain se podía ver su decepción, pero de inmediato asintió con tranquilidad. Había aprendido a ocultar sus emociones y a aceptar las circunstancias sin importar lo que pasase.

—Sí, tienes razón. Es probable que haga mucho frío…

—Ah, bueno… —intervino Siwoo en ese momento. Ya no la veía como una diosa. La chica que llevaba una sudadera gris con capucha y hablaba de forma sencilla no era Diane, la cantante profesional que brillaba en escenarios glamurosos. Vacilando un poco, continuó—: Yo tengo un saco de dormir de invierno… pero, eh, me da un poco de vergüenza porque no lo he lavado en más de un año, así que… bueno, huele un poco… Ja, ja…

El cielo nocturno de marzo era fascinante. Algunas nubes oscuras flotaban de un lado a otro y la luna aparecía y desaparecía entre ellas. Sin embargo, las estrellas no les prestaban atención y colmaban todo el espacio.

Era una noche particularmente luminosa. Aunque no había ninguna farola en los alrededores, desde la terraza del segundo piso se veía todo tan claro como si hubiera luces encendidas. La luz de la luna bañaba las hojas y las calles, desprovistas del ruido de la ciudad; tan solo se escuchaba el susurro del viento meciendo las ramas y los pájaros cantando en la distancia.

Yujin se metió en el saco de dormir, que olía a humedad y a moho, dejando solo la cabeza afuera. El cielo era un mar de estrellas. Saber que en teoría había muchísimas estrellas más allá del horizonte era muy distinto a verlo con tus propios ojos. Sintió como si por fin estuviera descubriendo los secretos del firmamento después de varias décadas: *¿Viajaré algún día más allá de las estrellas? De las luces que estoy viendo ahora, tal vez alguna sea un mensaje de un planeta que ya desapareció. Puede que esté viendo las huellas de un planeta extinto, una ventana al pasado.* Pensó que el universo le estaba hablando, cruzando las vastas distancias del tiempo.

Los tres permanecieron en silencio durante un buen rato. Solo había dos sacos de dormir, así que Yujin y Dain usaron uno cada una. Siwoo se había puesto un jersey de invierno y un abrigo largo acolchado. Además, trajo todas las mantas de la cafetería y las extendió en el suelo para acostarse sobre ellas. Desde el altavoz conectado por *bluetooth*, se escuchaba la guitarra acústica de una pieza de *jazz*. La música se filtraba entre las estrellas como niebla. Incluso la brisa fría de principios de primavera parecía observar en silencio el majestuoso videoclip que el universo le mostraba.

Yujin imaginó las huellas del pasado que habían quedado en ese mismo lugar. Se imaginaba a las personas que habrían visto el cielo estrellado desde el viejo *hanok*. Dain recordó a su abuela, que era cálida como una batata asada incluso en invierno, y las noches de verano en las que veían las estrellas juntas. Siwoo recordó aquella noche en que, tras salir de la academia en Noryangjin, observó una estrella que brillaba débilmente, a punto de apagarse.

—Es la primera vez en mi vida que veo tantas estrellas —dijo Dain rompiendo el silencio.

Siwoo asintió mientras exhalaba un suspiro blanco por el aire frío.

—Es extraño... —continuó Dain—. Siempre hubo muchas estrellas. Han estado ahí todo el tiempo. ¿Cómo pude vivir habiendo olvidado que había tantas?

Mientras Yujin miraba ese mar de estrellas abrumador recordó la madrugada en la que había visto un mar de nubes en el monte Maisan.

—Es increíble, ¿verdad? De hecho, hay algo que no os conté. El día que vine a Soyangri, antes de ir a esa tienda de gofres, fui a ver el amanecer al monte Maisan. Incluso a esa hora las estrellas seguían brillando. No era como ver la Vía Láctea, pero bajo el cielo azul oscuro, las estrellas titilaban fulgurantes y tenues como farolas que iluminan a intervalos regulares…

Cuando Yujin miró hacia abajo desde la cima del monte Maisan, el mundo le pareció un océano profundo que guardaba un antiguo secreto en soledad. Las crestas de las montañas se convirtieron en sombras oscuras y, frente a ellas, las nubes se extendían como en una antigua pintura a tinta. La madrugada se acentuaba dondequiera que sus ojos se posaban y el silencio flotaba en el aire. De vez en cuando, una brisa taciturna le soplaba en la nuca y le traía algunos recuerdos olvidados.

El cielo cambiaba todo el tiempo. Poco a poco, detrás de las montañas, el horizonte iba tiñéndose de un tono claro y brillante. Sobre la cresta oriental de la montaña, el resplandor anaranjado se intensificaba y las nubes se quedaron quietas como un tren estacionado. La niebla que se extendía entre las montañas asemejaba el rastro del humo que dejaba atrás el tren. Al otro lado del cielo, la luna permanecía solitaria. Cuando los rayos del sol comenzaron a derramarse, el paisaje recobró su rostro cotidiano. El tren en pausa reanudó el viaje a su debido tiempo, y Yujin escuchó el canto de los pájaros cerca.

Mientras contemplaba el amanecer desde el mirador del monte Maisan, pensó en aquellos seres insignificantes que se habían desvanecido como la niebla. La oficina compartida, donde solía quedarse hasta tarde, ahora estaba llena de portátiles de desconocidos. Había discutido sin fin con su superior, a quien pensaba que conocía bien, y las personas con las que había trabajado se habían ido una a una siguiendo sus propios caminos. Fue como si nada hubiera pasado, como si solo hubieran barrido las hojas de la acera. Recordó la oficina vacía de su *startup* y el pequeño bar de vinos en Yeonnam-dong al que había ido con su superior. Esa tarde le desaconsejó fundar la empresa. Al mirar hacia atrás, lo que se había iniciado con cambios casi imperceptibles se había transformado en vínculos y objetos completamente irreconocibles. Después de que la densa madrugada se despejara y aquella época gloriosa se disipara, solo quedaron esos lugares pequeños y solitarios descoloridos por el tiempo.

—Si no hubiera visto el mar de nubes en el monte Maisan ese día, no habría tomado ninguna decisión. Solo me habría reído de esos dos hombres que discutían como en un programa de comedia. Nunca había ido a Soyangri. Nací y me crie en Seúl, pensé que iba a vivir toda mi vida allí. No estaba en mis planes comprar un terreno de 825 metros cuadrados en este pueblo.

Una sonrisa pequeña apareció en el rostro de Yujin. Diane apretaba una compresa de calor y la escuchaba con atención.

—En aquel entonces, mi *startup* había sido adquirida por otra empresa y pasé dos meses sola, perdida, encerrada en mí misma. No podría decirse que fue un fracaso total, ya que la propiedad intelectual se vendió a otra compañía, pero aun así sentía que mi vida estaba vacía y no tenía sentido. Había estado corriendo hacia delante sin parar. Pasé más de tres años trabajando sin descanso, día y noche, desarrollando programas y propuestas para convencer a los clientes. Cuando me quedé sin trabajo, empecé a leer un libro que había comprado hacía mucho y dejado en la estantería. Era la historia de una mujer que, tras una vida difícil, construyó un pequeño hotel en un pueblo rural de Inglaterra. Huéspedes de todo tipo llegaban a pasar una semana de invierno allí y contaban sus historias. Después de leer ese libro, pensé en hacer un viaje corto a algún lugar cercano. Así que vine a Soyangri con la idea de ver el amanecer en el monte Maisan.

No había signos de la primavera en la noche profunda de marzo. El viento helado le congelaba el rostro. El clima frío invadía sin parar la mente de Yujin como un vídeo en reproducción automática.

—Ese día por la tarde, mientras recorría el terreno con el agente inmobiliario, pensé que, al igual que la protagonista de la novela, quizá yo también podría intentarlo. Además, el mar de nubes que había visto en el monte Maisan parecía estar alentándome.

La mánager de Dain llegó alrededor de la medianoche. Hacía no mucho que los tres habían bajado de la terraza, y estaban bebiendo cerveza en la cafetería. La mánager, que había conducido por las carreteras rurales en plena noche, tenía un aspecto delicado y amigable. También daba la impresión de ser una mujer sencilla y muy cortés. Parecía una directora de fotografía con su largo abrigo negro acolchado y una gorra de béisbol. Había comprado varios tipos de bollos en la tienda favorita de Dain en Seoungsudong y también había traído un set de tés que el propio dueño había preparado. Apenas había lugar en la mesa para poner toda esa cantidad de panecillos. Dain lanzó un grito de alegría y tomó enseguida un *pain au chocolat*. Mientras comía, le preguntó a Yujin:

—Pero ¿ya has decidido qué libros vas a exhibir?

Ella negó con la cabeza mientras colocaba una bolsita de té *rooibos* de caramelo en la taza y vertía agua caliente.

—Aún no lo he decidido. Los envíos a esta zona tardan más de lo que pensaba, así que creo que tendré que hacer el pedido esta semana. Ah, dime, ¿cuál es tu libro favorito? O alguno que hayas leído hace poco y te haya gustado...

Dain se quedó pensando un momento mientras Siwoo parpadeaba concentrado. Estaba esperando que dijeran un título, lista para abrir su libreta mental y luego exhibirlo en la estantería principal de su cabeza.

—*La noche brillante*, de la escritora Choi Eunyoung. Mientras lo leía, no podía dejar de pensar en mi abuela. Empecé a preguntarme cómo habría sido ella. No como mi abuela, sino como mujer. Al terminar el libro, sentí una calidez que me embriagó por dentro.

Siwoo parecía un caniche de ojos negros diciendo que sí con la cabeza. Yujin contuvo la risa, tomó un sorbo de té y después asintió.

—*Podemos caminar incluso a la luz de la luna* de Go Suri va muy bien con ese. Es un ensayo, y no te imaginas lo cálida que es su prosa. Si te gustó *La noche brillante*, creo que *Pachinko* también te gustará.

—¡Guau! ¿Cómo es que recomiendas libros con tanta facilidad? Sin duda, tengo que leerlos.

—Al escucharte, voy entendiendo mejor cómo recomendarles libros a los clientes. Gracias.

—¿Y tú, Siwoo? —preguntó Dain.

Siwoo se atragantó y escupió la cerveza.

—¿Estás bien?

—Estoy bien, bien. ¡No es nada!

Se levantó de golpe, sonrojado, y después fue a la cocina y trajo unas toallitas húmedas. Las otras tres se rieron a carcajadas por lo tierno y gracioso que les parecía. Él también se rio y se sentó de nuevo.

—Bueno... estoy leyendo un libro, pero para ser honesto es tan largo que lo empecé hace un mes y aún no lo he terminado.

—Ah, ¿en serio estás leyendo un libro? —preguntó Yujin, mirándolo con una sonrisa juguetona.

—¡Vamos, Yujin! Yo también trabajo aquí, ¿sabes? Mmm, estoy leyendo *Ese verano aún perdura*, ¿o algo así...?

—Te refieres a *El verano se hace eterno*, ¿no? —lo interrumpió Yujin conteniendo la risa.

—Ah, ¿ese libro no es sobre un arquitecto? —dudó la mánager.

Yujin miró a Siwoo y aplaudió.

—¡Ah, claro! Es que estudiaste arquitectura, ¿verdad? —exclamó Dain con los ojos bien abiertos.

—¿Estudiaste arquitectura? ¡Guau! Cuando vi la película *Architecture 101* me dieron ganas de aprender algo sobre el tema.

Al sentir que las tres lo estaban mirando, se sintió incómodo y respondió enseguida:

—Ah, pero no aprobé el examen habilitante, así que... solo estudié la carrera, nada más, solo la carrera. Ja, ja, ja. Además, ya os lo he dicho, ni siquiera lo he terminado de leer. Es tan largo...

Todos estallaron en risas.

Después comenzaron a charlar sobre los lugares a los que les gustaría viajar y sintieron un poco de envidia por el viaje de Dain a Hawái. Y a raíz de eso recordaron el cuento *Hanalei Bay* de Murakami. Yujin pensó que, si organizara un club de lectura en la librería, le gustaría que fuese así.

¿Será por las estrellas o porque en la atmósfera de la librería todavía podía sentir a su abuela? Dain tenía el presentimiento de que esa noche podría dormir bien después de mucho tiempo.

La habitación de «La cocina…» era limpia y cálida, como si la recibiera con un abrazo. Fuera se escuchaba el viento que soplaba entre las montañas de Soyangri. Eran alrededor de las dos de la mañana cuando se durmió.

La nueva jornada comenzó despacio. Todos durmieron hasta tarde. Nadie tenía obligaciones ese día. No fue una decisión premeditada, pero nadie había puesto la alarma para despertarse.

Las lluvias primaverales se habían desatado temprano. Las gotas iban de un lado a otro en el cielo gris. El viento no había abandonado el invierno y los brotes jóvenes temblaban sin saber qué hacer. Solo los cerezos sacudían sus ramas como si nada los afectara. Aunque el sol había salido hacía tres horas, las nubes oscuras actuaban de persianas y las siluetas de las montañas permanecían en penumbras.

La mañana en la librería era tranquila y apacible. El viento se acercaba con fuerza para luego desvanecerse. El repiqueteo de las gotas se escuchaba contra las ventanas. El aroma del bosque, empapado por la lluvia, se filtraba en las habitaciones.

Yujin fue la primera en levantarse. Preparó café de filtro y cortó en porciones pequeñas el *roll* de canela que la mánager había traído; luego lo calentó en el microondas. Al sacar el plato, el aroma se esparció con lentitud como música de *jazz*. El panecillo tibio era húmedo y dulce por el azúcar glaseado.

También tenía almendras cortadas en rodajas que le daban una textura sabrosa y crujiente. La casa estaba en silencio. Solía escuchar música por las mañanas, pero ese día sintió que el silencio era más apropiado. Era un silencio cálido y dulce como el *roll* de canela.

Ordenó la mesa donde habían charlado ayer. Mientras fregaba los platos, recordó el mar de estrellas que había visto la noche anterior. Le resultó extraño que ese espectáculo magnífico siguiera allí, detrás de las nubes. También era curioso pensar que asociamos la vida cotidiana con, por ejemplo, el lugar donde sacamos la basura para reciclar y, en cambio, relacionamos los viajes con algún sitio lejano, más allá de las nubes. En realidad, los viajes podían ser parte de la rutina y solo hacía falta encontrarlos. Incluso en esos momentos simples y mundanos, como sacar los libros de una caja y organizarlos, las estrellas siempre seguían brillando.

Después de limpiar la cocina, fue a la librería. Todavía quedaban varios libros dentro de las cajas sin organizar. Se agachó frente a una que llegó el día anterior por la tarde. Ya que les habían quitado la cinta protectora, vio que dentro estaban los ejemplares de *Una semana en invierno* de Maeve Binchy. Agarró uno. Era la obra que le había dado el valor para empezar con «La cocina de los libros de Soyangri».

Acarició la portada mientras pensaba en Dain. La ilustración era un paisaje sereno. Un mantel de cuadros verdes estaba bien extendido y en una taza de té inglesa habían servido café. Junto a la taza había una ensalada y desde una ventana grande podía verse el océano.

Yujin deseaba que Dain pudiese viajar a ese lugar donde la brisa arrastraba el sonido de las olas. Deseaba que pudiese descansar en un pueblo donde los gatos distraídos mirasen por la ventana, sumidos en sus pensamientos, y donde las pequeñas casas con techos de color ladrillo se alineasen una junto a la otra, compartiendo el aroma del mar en el aire. Cuando Dain abriese el libro, los personajes la recibirían con calidez. Quizá este volumen hubiera estado viajando durante mucho tiempo y su destino fuera encontrarse con ella. Mientras pasaba las páginas, detuvo la mirada en una frase. Era como si la hubiera llamado: «Este es un buen lugar para pensar. Cuando vas a la playa, te empequeñeces. Sientes que eres menos importante. Y entonces, todo vuelve a encontrar su justa medida».

Colocó un marcador en esa página y luego envolvió el libro en un papel rojo intenso con un estampado de pequeños lunares dorados. Después, arrancó una hoja de un cuaderno sin renglones, la recortó hasta que fuera del tamaño de la palma de su mano y escribió una nota breve con un bolígrafo: «Espero que encuentres tu propio almacén, que allí escuches el sonido de las olas y que descubras algo cálido como las caricias de tu abuela...».

Aquel día de lluvia primaveral, antes del anochecer, Dain se marchó de «La cocina de los libros de Soyangri» junto con su mánager. Llevaba en la maleta el ejemplar envuelto en lunares dorados que Yujin le había regalado.

Mientras veían alejarse el coche, Siwoo y Yujin sintieron como si despertaran de un sueño borroso. Yujin esperaba que Dain leyera ese libro en Hawái, junto al sonido de las olas. Aunque recibiese elogios todo el tiempo, quería que, desde la cima solitaria e incierta del éxito, pudiera sonreír sin necesidad de usar una máscara. Deseaba que, incluso en los días más ocupados, hallase momentos para adentrarse en el mundo de las historias y disfrutase de una comida sencilla y una taza de té.

Después de la partida, Yujin observó la librería. Se sorprendió al pensar que no había pasado ni un día desde que había contemplado las estrellas. También le resultaba increíble que solo hubieran pasado diez meses desde que se encontró por casualidad con el agente inmobiliario y el dueño del terreno en la tienda de gofres.

Se sentó frente a la mesa de madera de la cafetería donde se había reunido con Dain. Sentía como si el *hanok* le hubiese pasado el relevo a «La cocina de los libros de Soyangri». También podía sentir la presencia de la abuela en el lugar.

Un sol débil se ponía detrás de las nubes dispersas. Yujin se levantó y abrió de par en par los ventanales y la pequeña ventana de la cocina. Era quince de marzo, justo la mitad del mes. En el crepúsculo de la tarde, una suave brisa primaveral, impregnada con el sutil aroma de las flores del ciruelo, entró en «La cocina…» dando comienzo a un nuevo día.

2
Adiós a los veinte

Nayun empezó a trabajar hace cuatro años. Por un lado, se estaba acostumbrando cada vez más a la rutina monótona de la vida laboral, pero al mismo tiempo empezaba a hartarse. A decir verdad, no tenía grandes problemas en la empresa. Era una compañía de IT con buenas oportunidades de desarrollo profesional y muchos beneficios sociales. Sin embargo, últimamente Nayun no sentía motivación para nada. No quería darlo todo por la empresa. Parecía que estaba atravesando una crisis o, como todos lo llaman, un «bajón».

Quería disfrutar de los beneficios sociales, pero sin desvivirse por el trabajo. A veces pensaba en si debía irse a otra compañía, pero la verdad era que le daba pereza. No tenía ningún jefe raro que la acosara ni le molestaban sus tareas. Además, sabía que, si se iba a una nueva empresa, tampoco sería un paraíso. Los treinta que estaba a punto de cumplir no eran los treinta que había imaginado a los veinte.

Había tenido la esperanza de que sus treinta la recibieran con una carrera exitosa o algo así. Se había imaginado como una supermujer capaz de resolver todos los problemas del mundo vestida con una blusa de seda y falda negra; pero la realidad era que, después de cuatro años, seguía siendo la más joven de la oficina y solo le encargaban tareas menores. Había poquísimas cosas en las que tenía poder de decisión. La mayor parte del trabajo consistía en seguir los procedimientos estipulados y las cadenas de aprobación.

—Ya se dice que ahora vivimos hasta los cien. Cuando llegue a los cincuenta, seguro que andaré con miedo de perder el trabajo... ¿De qué voy a vivir los cincuenta años que me queden? Tendré cincuenta y dos cuando mi hijo entre a la universidad. ¿Debería estar haciendo algo al respecto...? —rumió el gerente Lee, padre de dos hijos, y soltó un suspiro cuando su voz ya se desvanecía.

Durante la hora del almuerzo, además de hablar sobre inversiones y políticas inmobiliarias, el tema más frecuente era el de los planes de vida después de la jubilación.

—Es cierto. Muchos de los directivos tienen un *MBA*... Me pregunto si debería empezar a prepararme ahora... Quizá sería mejor aprender a editar vídeos para YouTube o algo así.

Yoonyeong, un ingeniero de *software* con tres años de experiencia, escuchaba a Lee con atención. Nayun dejó sobre la mesa un *mocha latte* caliente con mucha crema encima.

—¿Cuánto costaría abrir una cafetería? Cuando viajé a Barcelona, probé comida española casera y me encantó. ¿Crees que sería rentable abrir algo así en Itaewon o en Gyeongnidangil? Cómo envidio a los profesionales autónomos. Pueden trabajar para siempre sin jubilarse...

Lee interrumpió a Nayun y comenzó a hablar con el ánimo por los suelos.

—¿Crees que ser médico o abogado es mejor? Muchísimos hospitales están cerrando. Los abogados también tienen que hacer negocios y conseguir resultados, viven bajo una presión enorme. Como reciben bonificaciones en función de sus resultados, no pueden equilibrar el tiempo de trabajo y la vida personal. Un amigo mío que forma parte de un gran bufete se desmayó por exceso de trabajo y lo hospitalizaron hace poco.

Nayun volvió a la oficina después de la hora del almuerzo y se sentó en su escritorio. Ingresó en el sistema de recursos humanos las «metas laborales individuales» que debía terminar para el día y pensó que dejaría para la noche los planes jubilatorios.

Sin embargo, después de haber salido del trabajo, no podía pensar en nada. Literalmente, en nada. Lo único que quería hacer al llegar a su casa era tirarse en la cama. El informe de resultados del primer trimestre debía entregarse la próxima semana, pero las secciones vacías seguían rondando en su cabeza. Comenzó a cabrearse al pensar en los rostros de los que se habían atrasado con los datos.

Estaba buscando restaurantes populares en una aplicación de comida a domicilio mientras comía y veía un drama de moda cuando la invadió el sueño. No había hecho la colada ni decidido qué se pondría al día siguiente. Planificar lo que haría dentro de un año le parecía algo absurdo. Quizás algún día, en un futuro lejano, podría pensar en ello... Sí, ya habrá un momento adecuado. Pensando en eso, se quedó dormida.

—¿Soyangri? ¿Dónde es eso? ¿No es un pequeño pueblo rural? ¿No íbamos a ver los cerezos en flor cerca de aquí? —preguntó Nayun, con los ojos bien abiertos. Frente a ella, Chanwook y Serin se reían con picardía. Si no hubieran estado en una cafetería de *brunch*, se habrían reído a carcajadas. Ambos chocaron las manos con entusiasmo como si hubieran completado una misión secreta.

—Vamos a hacer algo distinto —respondió Chanwook, emocionado—. ¡Sin planes, sin pensarlo tanto! ¿En qué otro momento podríamos hacer un viaje así? Cuando te casas y tienes hijos, los treinta se te van en un suspiro.

Eran las once de la mañana del sábado y en esa cafetería de Pangyo sonaba una canción francesa que evocaba la frescura de abril. Viendo a Nayun, que aún parecía incrédula, Chanwook continuó hablando.

—Nayun, la verdad es que Siwoo me llamó ayer. —¿Qué? ¿Siwoo? ¿En serio?

—Sí, el desaparecido ahora es empleado en una pensión de Soyangri o algo así. Estuvimos sin hablarnos durante más de tres años y anoche, de la nada, me llamó. Vayamos a verlo. Creo que no estaré tranquilo hasta que lo vea. Recuerda que prometimos irnos de viaje juntos antes de cumplir treinta. A este paso, no lo haremos ni cuando tengamos cuarenta. ¡Además, le pedí el coche a mi madre! Tenemos que salir ya mismo —dijo agitando las llaves del coche frente a ella.

Nayun sentía una mezcla de enfado y alegría. No sabía qué decir.

—Ah, ese Siwoo... Cuando lo vea, lo voy a matar.

Al escucharla hablar en ese tono, Serin se dio cuenta de que ya había tomado una decisión.

—¡Salgamos de una vez! *Go, go, go!* —exclamó, loca de alegría, como si fuera una animadora.

Chanwook subió el volumen de la música. Sonaban una tras otra las canciones que solían escuchar todos los días en la universidad. Cuando apareció *Cherry Blossom Ending* de Busker Busker, el coche parecía un concierto desenfrenado. ¿Siempre había sido tan buena esa canción? Los tres comenzaron a cantar a todo pulmón, riéndose mientras seguían la melodía.

Eran las dos de la tarde de un sábado de abril y los cerezos estaban en plena floración. El último viaje de sus veinte apenas estaba empezando a levantar el telón. Las flores blancas flotaban en el viento y los pétalos caían como en una película del Studio Ghibli. A Nayun le costaba creer que ayer a esa misma hora estaba en una oficina donde reinaba un silencio de biblioteca, actualizando en su portátil los temas para la reunión semanal del próximo lunes. No tenía ni idea de dónde estaba Soyangri, pero no importaba. Con que Siwoo estuviera allí era suficiente. Todo lo que necesitaba era que los cuatro pudieran reunirse en el mismo lugar. Miró a Chanwook y a Serin. También enfrentaban los altibajos de tener veintinueve años. Pensó en Siwoo, que ahora estaba en Soyangri. Y luego le dijo adiós a los recuerdos de cuando tenía veintiuno, veintidós y veintitrés años. Los cerezos en plena floración armonizaban con el clímax de la canción. Mientras recorrían la carretera, su corazón latía con fuerza por primera vez en mucho tiempo.

Yujin estaba sumida en sus pensamientos mientras miraba a Siwoo emocionarse como un *golden retriever* cachorro. Hacía treinta minutos que Chanwook, su mejor amigo de la universidad, lo había llamado para decirle que llegaría en una hora. Se conocieron en el club de publicidad de la universidad, se hicieron muy amigos y pasaron incontables noches jugando en el cibercafé. También le había dicho que vendrían dos amigas del mismo club.

—Estamos en plena temporada de cerezos y las reservas del fin de semana para la estancia literaria están completas. ¿Qué piensas hacer?

—Son como de la familia. Si no hace frío, dormiremos en la tienda de campaña y, si hace frío, pueden dormir conmigo en mi habitación.

—¿Los cuatro en la misma habitación? ¿Ya se lo has dicho? ¿Planeáis dormir de pie o qué?

—Bueno… estaremos un poco apretados. No sé, estaremos de charla en la terraza del segundo piso y luego ellas dormirán en mi habitación. Chanwook y yo dormiremos en la terraza, pondremos los sacos de dormir en la tienda de campaña. No te preocupes. ¡Será como irnos de campamento!

—¿Y la tienda de campaña de la que hablas… es esa?

Yujin señaló las tres tiendas de campaña decorativas que habían colocado en el jardín. Siwoo asintió con una sonrisa radiante, le explicó que eran tiendas individuales y que sería fácil moverlas a la terraza del segundo piso. Al ver su rostro lleno de orgullo por haber resuelto un gran problema, Yujin seguía incrédula.

—Siwoo… Esas son tiendas decorativas. No tienen ni colchón dentro, ¿cómo piensas dormir ahí con lo incómodas que son? Además, el suelo de la terraza del segundo piso es de baldosa. El viento que baja de las montañas es muy frío y al amanecer todo estará empapado por el rocío… ¿No será mejor dormir en el sofá del salón del segundo piso?

No podía evitar preocuparse. ¿Cómo podía estar tan relajado y seguro de que podía solucionar todo? Mientras que ella solo estaba tranquila cuando organizaba todo de principio a fin, Siwoo tenía una personalidad completamente opuesta: él prefería empezar algo y luego pensar cómo realizarlo. Mientras enumeraba todo lo que la preocupaba, Siwoo agarró unas mantas y le respondió, relajado:

—¿Acaso teníamos colchones de calidad cuando nos íbamos de viaje en la universidad? Todavía estamos en nuestros veinte. Aún estamos llenos de energía. No somos tan viejos para andar quejándonos de que nos duele la espalda o poner mala cara por haber pasado una noche durmiendo en el suelo. Además, si realmente fuese un problema, podríamos dormir en el coche. Solo déjanos un lugar para aparcar. Yujin, ¡dijeron que vienen aquí de sorpresa! ¡Que se van a lanzar a la aventura para venir a verme sin preparar nada de antemano! ¿No es genial? Ellos tampoco traen grandes expectativas. Solo necesitamos un lugar donde los cuatro podamos charlar toda la noche.

Siwoo hablaba a toda velocidad. Luego recogió sus cosas y subió a la terraza del segundo piso. Hyungjun también estaba allí, con su expresión habitual de indiferencia, cargando una caja llena de luces decorativas. Aunque a Yujin no le parecía buena idea, se sintió un poco más tranquila con el concepto de «viaje improvisado de veinteañeros». Al menos no parecía que fueran a ser huéspedes quisquillosos que venían buscando que no los molestaran.

Yujin buscó en los estantes y encontró dos grandes velas de madera rojas. Alguien se las había regalado cuando se fue de la casa de sus padres a un apartamento cerca de Gwanghwamun. Las tenía guardadas hacía años ya que eran bastante grandes y tenían un aroma muy intenso para su gusto. También sacó el calentador eléctrico que solía poner al lado de sus pies. Encendió las velas junto a las tiendas en la terraza del segundo piso y conectó el calentador eléctrico. Aunque el viento soplaba con fuerza, la luz de las velas bailaba con gracia.

Siwoo subió varias sillas pequeñas de la cafetería. Luego dio la vuelta a una gran caja de cartón que había usado para guardar libros y la aseguró al suelo con cinta adhesiva, concentrándose en hacer una mesa desechable. Hyungjun terminó de colocar las luces decorativas alrededor de las tiendas y comenzó a ayudar con la mesa de cartón. Yujin tarareaba mientras veía a Siwoo de espaldas terminar los preparativos. Luego bajó lentamente las escaleras al primer piso.

—¡Guau, Siwoo! ¡Increíble! ¡Está genial!

La terraza del segundo piso de «La cocina de los libros de Soyangri» se había transformado en el set de una serie juvenil. Chanwook, Serin y Nayun abrazaron a Siwoo gritando de alegría. En la terraza había tres tiendas diminutas y alrededor había diez mantas apiladas. Al costado, el calentador eléctrico emitía una luz rojiza y las luces decorativas parecían pequeños huevos frente a las tiendas.

—¡Cuánto tiempo! ¿Cómo han estado?

—Siwoo, ¿qué clase de recibimiento es este? ¿Sabes cuánto nos preocupamos porque no podíamos contactarte? Deberíamos darte una buena paliza más que saludarte.

Serin y Nayun, con caras serias, le dieron un par de palmadas fuertes en la espalda. Incluso Chanwook, que era más callado, se unió a las risas y las bromas.

—¡Oye, chicos, calmaos un poco! Sabía que haríais esto, así que he preparado algo. Mirad primero esto.

Siwoo se escabulló y, como un mago revelando su truco final, levantó una manta que cubría algo. Debajo había una caja llena de latas de cerveza y gaseosa. Todos gritaron, completamente hechizados.

—Oye —dijo Nayun—, son solo las cuatro de la tarde. ¿Por qué tengo tanta hambre?

En un hostal de la autopista habían almorzado *ramyeon* de mariscos y *kimbap*. Luego habían merendado batatas asadas, *tteokbokki*, brochetas de salchicha y pastelitos de nuez. Aun así, Nayun seguía con hambre. Serin se sentía igual.

—¿Será porque no comimos carne...? ¿Recordáis cuando fuimos al viaje del club y entre diez comimos veinte porciones de *samgyeopsal*? —preguntó Chanwook y soltó un suspiro.

—Ni me lo recuerdes. ¡Siwoo se comió cuatro porciones él solo!

Los cuatro estallaron en risas una vez más.

Habían sido mejores amigos desde el primer año de la universidad. Eran conocidos como «los cuatro mosqueteros». Iban a casi todas las clases juntos. Cuando Chanwook y Siwoo hicieron el servicio militar, Nayun y Serin se fueron de intercambio al extranjero. Así estuvieron unidos hasta el último semestre.

Dos chicos, dos chicas. Algunos creían que eran algo más que amigos, pero no era cierto. Durante un viaje del club para novatos, los cuatro coincidieron en el mismo grupo y se hicieron inseparables. Viéndolo en retrospectiva, era una combinación muy inesperada. Hace poco se habían hecho el test MBTI y resultó que los tipos de personalidad de Chanwook y Nayun eran completamente opuestos; eso les hizo mucha gracia. En esa época, más que tomarse el tiempo para entenderse, estaban ocupados tratando de descifrar cómo vivir sus veinte.

Después de graduarse consiguieron parejas, se separaron, se sintieron perdidos y finalmente encontraron trabajo. Serin se convirtió en ilustradora *freelance*; Nayun entró en el equipo administrativo de la división de negocios de propiedad intelectual en una empresa de telecomunicaciones; Chanwook obtuvo un trabajo como *project manager* de efectos de sonido en una empresa de videojuegos. Era el planificador que supervisaba el sonido de los juegos, y Nayun no entendía qué significaba nada de eso. Siwoo, después de graduarse, intentó hacer el examen de arquitecto, pero al final lo dejó y se fue a Noryangjin para preparar el examen de funcionario público. Desde entonces había tenido poco contacto con ellos.

El mundo de los cuatro mosqueteros fue llenándose de fronteras y cada vez pasaban menos tiempo juntos. Recién cumplidos los veinte, compartir la vida cotidiana era algo natural. Pero, al llegar a los últimos años de esa década, cada uno empezó a colonizar su propio planeta, hasta el punto de poder comunicarse solo a través de una estación espacial.

Sin embargo, cada vez que se reunían, volvían al mundo de sus veinte. Regresaban a esas mañanas bulliciosas, cuando se levantaban del suelo durísimo de una pensión barata, con olor a cerveza y *soju*, y cocinaban cinco paquetes de *ramyeon*, cortando *kimchi* con los rostros hinchados de sueño. También volvían a esas tardes de otoño perezosas, cuando faltaban a clase y se reunían bajo un puente del río Han a beber vino barato con queso y pan del E-mart. O a esa escena que parecía salida de un *k-drama*, cuando Serin y Nayun se secaban las lágrimas sin decir nada en el autobús después de haber visto a Chanwook recién devorar *pizza* y pollo sin parar.

Estaban comiendo *samgyeopsal* con cerveza y hablando de sus días universitarios cuando se dieron cuenta de que ya había oscurecido. Aunque soplaba una brisa fresca, el viento primaveral de abril no era fuerte. El aire frío despertaba recuerdos de aquellos viajes del club. La temperatura y el ambiente familiares les resultaban reconfortantes. La fiesta nocturna había comenzado y la montaña los acogía. En el jardín de «La cocina...» los aromas de los árboles y la hierba se intensificaban y luego se desvanecían, mientras el olor a tierra húmeda y el perfume de las flores flotaba junto con la fragancia de las velas de madera.

Siwoo recordó aquel día de marzo en el que se quedó mirando el cielo nocturno. Solo había pasado un mes, pero el aire ya parecía más suave y cálido. Hacia un lado se extendía una tenue oscuridad, como si el cielo estuviera envuelto en una neblina difusa, y hacia el otro, unas cuantas estrellas fulguraban como letras caligrafiadas con mucha prolijidad.

—Namwoo se casa este otoño —dijo Serin calmada justo después de la medianoche. Hubo un breve silencio. Los otros tres intercambiaron miradas, sorprendidos. Namwoo, el primer amor de Serin, había cortado con ella dos veces, luego volvieron a intentarlo y, finalmente, volvieron a separarse hacía dos años, parece ser que de forma definitiva. Nayun apoyó la lata de cerveza.

—¿Cuándo lo decidieron? ¿Te contactó? ¿Quién es la otra?

—La novia es una compañera del equipo de diseño de su empresa. No me contactó... Me enteré por un conocido en común. Sé quién es la persona con quien se va a casar. Es un año menor que nosotros. Entró a la empresa hace tres años y la vi alguna vez por allí. Creo que hacen buena pareja. Seguro que serán felices.

Serin estaba tranquila. La época en la que sentía celos y lloraba como si no hubiese un mañana o en la que se quedaba despierta toda la noche intentando ganar una disputa había quedado atrás.

—Bah, solo dile que sea feliz. ¡Qué fastidio! Después de todo lo que te hizo pasar... Ya veremos lo bien que le va. Pero ¿cuándo te enteraste? ¿Por qué no nos lo habías dicho?

—Es que apenas he tenido tiempo de veros con calma... —respondió Serin.

Nayun suspiró, dándole unas palmaditas en el hombro. Chanwook y Siwoo chocaron sus latas de cerveza, bebieron lo que quedaba de un sorbo y las aplastaron para luego dejarlas sobre la mesa.

—Pff… La verdad —comenzó a decir Chanwook— es que no sé si me casaré algún día. No estoy preparado para nada, pero siento que el mundo me está metiendo prisa.

Nayun también suspiró mientras masticaba unos *snacks*. Luego removió el caldo de *odeng* que burbujeaba a fuego lento.

—Exacto. Es como cuando la fecha del examen de ingreso a la universidad se va acercando poco a poco, pero no has avanzado nada en el temario.

Serin se cubrió con una manta, apoyó la cabeza en el hombro de Nayun y continuó quejándose:

—Ya que has mencionado el examen de ingreso… A veces me pregunto si mi vida sería diferente si pudiera volver a hacerlo. Ah, qué frustración…

Nayun chocó su lata de cerveza con la de ella y luego dio un sorbo.

—Serin, ¡me das escalofríos! Hace unos días pensé lo mismo; que, si me ponía las pilas y me ponía a estudiar para el examen otra vez, podría entrar en la facultad de medicina oriental.

Chanwook, que había estado observando en silencio la luz de las velas, soltó una risita mientras abría otra lata y miraba a Nayun.

—Medicina oriental… ni en sueños. Olvídate de eso, ya es tarde para esa vida. Espabílate. En este país, ni siquiera podemos ahorrar lo suficiente para comprar un apartamento, apenas logramos pagar el alquiler de un estudio.

—¡Odio el mercado inmobiliario!

Los cuatro chocaron sus latas de cerveza como si lo hubieran acordado de antemano.

—Pero, Siwoo… ¿De verdad estás bien así? —preguntó Chanwook, mirándolo de reojo.

Él asintió antes de siquiera preguntar.

—¿Con qué?

—Con abandonar el examen de funcionario. Llevas más de tres años preparándolo, viviendo a base de comida rápida en Noryangjin. Quizá si lo intentaras una vez más, Dios te ayudaría a aprobar esta vez, ¿no crees?

Chanwook sentía pena por su amigo. Siwoo, que siempre había sido tan generoso e inteligente, había pasado más de tres años sin hablar con casi nadie mientras se preparaba para el examen de funcionario público nivel nueve. Él había planeado ir a buscarlo una vez que se convirtiese en un oficial con un gran salario y regañarlo por haber desaparecido tanto tiempo. No esperaba encontrarlo viviendo en un pueblo rural.

—El examen es inhumano. Hay que hacer tres asignaturas obligatorias y dos opcionales. Si no resuelves cada pregunta en menos de un minuto es probable que ni siquiera puedas terminarlo —dijo Siwoo, con una expresión de disgusto que no le era habitual. Luego sacudió la cabeza como si intentara quitarse esos pensamientos—. El trabajo de funcionario no va conmigo. En ese mundillo, el empleado ideal es alguien «constante y honesto, que trabaja en silencio y desde las sombras». Esos son los que encajan en el puesto administrativo, pero yo no soy así.

Chanwook, Nayun y Serin no sabían si debían asentir o no, así que solo se quedaron en silencio. Aunque no lo dijeran, sabían que Siwoo había pasado muchas noches pensando en eso. Tal vez haya sido el peor tsunami al que se ha enfrentado en su vida llena de optimismo. Se preguntaron cómo se habría sentido al darse cuenta de que, por mucho que mirase al futuro con optimismo, eso no garantizaba que las cosas salieran bien. ¿Qué habría pensado Siwoo al ver que los tres años de preparación para el examen desaparecían sin dejar rastro? ¿Tanto sufrimiento solo para fracasar? ¿En qué tipo de adulto se había convertido cuando rompió su largo silencio y encontró el coraje para llamar a Chanwook?

—Esta casa estuvo abandonada durante tres años. Fui parte del proceso en el que este terreno sin nada destacable se transformó en «La cocina de los libros de Soyangri». Cuando por fin terminamos la obra y vi todo remodelado, sentí como si hubiera vuelto a nacer. Entonces pensé que podía echar raíces aquí y vivir a mi manera.

—Cierto, tu primera carrera fue Arquitectura. No hiciste el examen y te fuiste a Noryangjin para ser funcionario... Al final, terminaste haciendo lo que siempre soñaste —dijo Serin, mirándolo a los ojos.

—Sí. A los veinte pensaba que mis sueños eran infantiles y poco realistas, pero ahora lo entiendo. Cuando miras tus sueños desde una perspectiva realista, no tienen sentido, pero son la energía que te impulsa a ser una mejor persona. Cuando te pierdes en el laberinto de la vida, los sueños son la voz que te susurra el rumbo. Eso son los sueños.

—Guau... Siwoo, ¿te has apuntado a una clase de oratoria en Soyangri? Suenas tan... empalagoso.

Cuando Nayun terminó de hablar, Serin comenzó a reírse y Chanwook también rio mientras le revolvía el cabello a Siwoo. Nayun sonrió y al verlos recordó viejos tiempos. Luego nadie dijo nada. Se hizo un silencio familiar. Ya no tenían veinte años y ahora vivían en mundos diferentes, pero reunirse de vez en cuando era reconfortante. Chanwook descorchó una botella de vino que había comprado en el supermercado. El aroma dulce y amargo del vino maridaba con la brisa nocturna, impregnada de la fragancia de los cerezos florecidos.

Chanwook llenó la copa de Siwoo.

—Te extrañaba, Cha Siwoo. Aunque te hayas vuelto tan sentimental, me alegra verte.

—¡Ay, míranos! Ahora me convertiré en un treintañero muy solemne —respondió.

—¡Aaah! ¡No puedo creer que tengamos treinta! —exclamó Serin, haciendo el gesto de arrancarse el pelo.

Parecía una medicina amarga. No era tanto el hecho de cumplir treinta, sino más bien de no saber si estaban a la altura de lo que se esperaba de ellos.

—Cuando florezcan los cerezos el próximo año, todos tendremos treinta —murmuró Chanwook, como si estuviera leyendo la última oración de una novela.

—¡Oye, oye! No te pongas tan sentimental. Los cerezos seguirán floreciendo incluso cuando tengamos cien. ¡Vamos, brindemos! —clamó Siwoo muy animado, quitándole la botella a Chanwook y sirviéndose en su copa.

Esa noche, Nayun tuvo un sueño. Chanwook iba por un camino cubierto de flores de cerezo y luego cruzaba un puente blanco inmaculado. Sostenía la mano de su futura esposa, que llevaba un vestido de novia con corte sirena. Una vez que cruzara ese puente, no podría volver atrás. Estaba atravesando una frontera.

Todos sonreían, vitoreaban y aplaudían. Nayun también sonreía y aplaudía, pero en lo más profundo de su corazón sentía que el mundo de «los cuatro mosqueteros» estaba llegando a su fin. Las flores de cerezo caían como lluvia y Chanwook ya no estaba con ella. No estaba preparada para pasar a la siguiente etapa. Mientras la marea de los treinta se acercaba, se quedó inmóvil, observando la figura de su amigo que se alejaba.

—¡Nayun, vamos! ¡Levántate ya! Hay que ver el amanecer en el lago y luego montar en bicicleta. Si llegamos tarde, nos lo perderemos.

—Ah… ¿Podemos no ir?

—¡No! Ayer lo prometimos.

—Uf… Nos acostamos a las tres de la mañana. Apenas hemos dormido tres horas.

—¿Y qué? Levántate. ¡Toma tu gorra!

Serin había despertado a Nayun, pero esta volvió a quedarse dormida como si se hubiese desmayado. Al final, se subió al asiento trasero de la camioneta de Siwoo con la gorra mal puesta y parecía un bulto más. Poco a poco el cielo comenzó a teñirse de un azul profundo, revelando las formas del paisaje. Los árboles a lo largo del camino no movían ni una sola rama. No habían podido ver nada la noche anterior y ahora las montañas que rodeaban el lugar se abrían como un biombo. El cielo se iba tornando celeste.

El reloj junto al volante marcaba las 6:11. Era el momento de pagar el precio de haber estado charlando al aire libre hasta las tres de la madrugada. Comenzó a dolerle todo el cuerpo como si hubiera recibido una paliza. Sentía el peso de una roca enorme en la nuca y una jaqueca punzante que venía en oleadas. Solo quería volver a dormir en una cama cálida. Serin estaba sentada a su lado en el asiento trasero y se encontraba igual de agotada, acurrucada como un gato con los ojos cerrados.

El lago era más grande de lo que habían imaginado. A primera vista, su inmensidad podría confundirse con la del mar. Aunque la orilla opuesta estaba muy lejos, el cielo despejado permitía verla con la claridad de una postal. Entre las montañas que se extendían en el horizonte, más allá del lago, el sol comenzaba a asomarse. Los rayos de luz se reflejaban en las pequeñas ondas y bailaban cada vez que los enormes árboles se mecían con el viento. Chanwook, Nayun y Serin exclamaron asombrados. Siwoo ya sabía que iban a reaccionar así y asintió con orgullo.

Mientras Nayun contemplaba el agua sumida en sus pensamientos, escuchó una canción detrás de ella.

—¡Cumpleaños feliz! ¡Cumpleaños feliz! ¡Te deseamos, Nayun! ¡Cumpleaños feliz! ¡Felices veintinueve años!

Serin caminaba hacia ella con un pastel hecho de forma improvisada con varias capas de alfajores Oh Yes cubiertas de yogur y palitos Pepero. Chanwook le puso un sombrero de fiesta y unas gafas de cotillón. Siwoo, entre risas, aplaudía mientras sacaba fotos y grababa.

—¡Oye! ¿Así que ayer cuando dijiste que ibas al baño en la gasolinera fuiste a comprar esto?

Nayun soltó una carcajada, completamente conmovida. Por fin entendió los torpes intentos de sus amigos por ocultarle la sorpresa. Las zapatillas blancas de Serin, el cabello despeinado de Chanwook y el suéter gris oscuro de Siwoo; todo quedaría grabado en su memoria. Nayun los observó. Quizá debido a que todavía no se había despertado del todo, la escena parecía un sueño.

Hizo como si soplase los Pepero de almendra y contuvo el llanto riéndose. Como era de esperarse, Serin también tenía los ojos lagrimosos. Chanwook solo sonreía. Siwoo aplaudió con una mirada traviesa, untó un poco de yogur en la cara de Nayun y salió corriendo.

Aunque estos días no se repitieran nunca más, vivirían para siempre en el corazón de Nayun: el sol brillando sobre las montañas desplegadas como un biombo, sus amigos cantándole el «cumpleaños feliz», el pastel improvisado. Podía imaginarse en el futuro recordando este instante con cariño. Saber que siempre podría revivir este momento en sus recuerdos la dejó satisfecha.

Mientras montaban en bicicleta junto al lago, los pétalos del cerezo comenzaron a caer como si hubiesen esperado ese preciso momento. No caían como un diluvio, sino más bien como una llovizna que se deslizaba con la brisa primaveral. Las montañas que rodeaban la orilla opuesta del lago aparecían lentamente ante sus ojos. En el cielo, las nubes oscuras y blancas como algodón se movían muy rápido. Pronto el sol se filtró bajo las nubes y la luz matutina brilló a través del cielo. El firmamento era brillante, perfecto, como si tuviera activado un filtro de cámara.

A Nayun se le vino a la cabeza el viaje universitario a Daeseongri. Tenían veintiún años y estaban remando en botes, salpicándose con los remos. Se habían maravillado al ver un pájaro desconocido chapotear en la distancia. Era una época en la que no importaba en qué empresa trabajaban o qué puesto ocupaban. Un tiempo en el que no había informes ni reuniones semanales a los que prestar atención.

En aquella época, los cuatro mosqueteros no tenían rutina. Algunos días los pasaban sin hacer nada, como granjeros perezosos. A veces se sentían perdidos frente al infinito mar de la libertad. De vez en cuando, incluso sentían nostalgia por sus días de secundaria.

Ahora que trabajaba y estaba inmersa en el mundo de los horarios ajustados, el tiempo en Daeseongri parecía una fantasía lejana. Nayun dedicaba todas sus fuerzas a demostrar que merecía el salario que recibía. Vagaba en el laberinto del sistema de gestión de resultados, aprendiendo palabras extrañas que encajaran en los informes. Pateaba el suelo porque no podía reservar una sala de conferencias, temblaba mientras respondía llamadas de socios comerciales los días en que su jefe estaba de vacaciones y se pasaba el tiempo haciendo las minutas de reuniones en las que no podía hacer nada más que repartir actas. Las horas volaban mientras luchaba como un niño en el agua cuando aprende a nadar. Y, al mirar atrás, se dio cuenta de que sus veinte iban a acabarse en un abrir y cerrar de ojos.

Pedaleó con más fuerza. Su mente seguía dando vueltas alrededor de un recuerdo. Ese momento nebuloso permanecía congelado; no podía decidir en qué cajón de su memoria debía guardarlo. Sentía que algo estaba a punto de surgir en su mente solo para desvanecerse como la niebla. Aunque dejó de pedalear, la bicicleta descendió por la pendiente tomando la curva con facilidad. El sonido de la cadena era revitalizante. El viento soplaba con la potencia de un clímax operístico, y el cielo azul brillante se abría ante ella como si le sonriera.

—Nayun, ¿quieres escribir una carta? Estamos haciendo un taller de escritura de cartas en la cafetería.

—¿Una... carta?

—Sí, si escribes una carta, te la entregan en Nochebuena de este año junto con el libro *La papelería Tsubaki*. Si no tienes nada que decirte a ti misma, puedes escribirme a mí.

Miró a Siwoo con incredulidad. Se había olvidado de su peculiar sentido del humor. Él sonrió y desapareció cuando Yujin lo llamó. Chanwook y Serin habían ido al supermercado del pueblo, así que no regresarían a «La cocina...» hasta dentro de una hora.

Nayun tomó uno de los folletos del taller y lo examinó con atención.

Soy un buzón lento.
Escribe [una carta para ti] junto con Poppo de La papelería Tsubaki.
Tu carta y el libro serán entregados en Nochebuena de este año.

Había una nota adicional en letra pequeña. El costo de participación era de 25.000 wones e incluía el libro *La papelería Tsubaki*, el papel para la carta, el sobre y los gastos de envío. También mencionaba que se podía enviar la carta a otra persona. Además, si escribir una carta te resultaba incómodo, podías anotar a quién querrías dirigirte o qué saludo querrías enviar y ellos se encargarían de escribir y despachar la carta en tu lugar.

La Nayun de siempre nunca habría participado en algo como eso. Ni siquiera se le habría ocurrido escribir una carta para sí misma. Sin embargo, después de haber pasado una noche disfrutando de la brisa que bajaba de las montañas, de ver las ondas del lago brillar con la luz del amanecer y de pedalear a lo largo de la orilla mientras los pétalos del cerezo flotaban en el aire, algo dentro de ella comenzó a agitarse. Sentía que su «yo» de viaje tenía algo que decirle a su «yo» de todos los días.

Primero eligió el papel y la pluma, luego seleccionó el lacre y el sello decorativo y finalmente escogió el sobre y las estampillas. Estaba siguiendo los pasos de Poppo cuando recibía encargos de escritura en *La papelería Tsubaki*. Frente a ella se desplegaba una variedad de papeles con diferentes grosores, texturas y colores. Comenzó a examinar uno por uno y se acordó del cuaderno azul que solía intercambiar con una amiga en la secundaria. Lo habían nombrado «Libro de la amistad» y allí escribían sus diarios. Nayun tocó y levantó con cuidado el papel de carta, evaluándolo. Si utilizase un rotulador, la tinta se traspasaría y no podría escribir en el reverso de la hoja.

Quería un papel de carta algo grueso para transmitir sus sentimientos. Como era primavera, prefería que fuese carmesí y pequeño para que entrara en el sobre al doblarlo tres veces. Aunque le había gustado el papel *hanji* con su textura suave y elegante, al final se quedó con uno rosa claro que tenía una ilustración de un sendero con pétalos de cerezo volando en la esquina superior derecha. No era muy grueso, pero le agradó que su textura fuese firme y no se doblara con facilidad. En cuanto al sobre, optó por uno rígido con un borde dorado en forma de marco alrededor de los espacios para el remitente y el destinatario. Una vez que metiera la carta, quedaría bastante robusto.

Eligió la pluma más rápido de lo que pensaba. Era una estilográfica Lamy amarilla. Al probarla, vio que el tamaño de la punta era adecuado y que la tinta era azul oscuro. Sin embargo, Nayun fue cautelosa ya que había utilizado ese tipo de pluma muy pocas veces. Intentó escribir en una hoja cualquiera, pero al principio la tinta no salía bien. Ajustó el ángulo de la pluma y, de repente, la tinta comenzó a fluir con delicadeza.

No sabía qué escribir. Estaba inquieta y tenía la mente en otro lado. Pero como era una carta para sí misma, pensó que no importaba si era un poco descuidada. No estaba haciéndola para que alguien más la leyera. Decidió escribirla como si fuera un diario. Solo quería preservar las emociones de ese momento como un recuerdo.

Luego se alejó de la mesa de la que había elegido el papel, el sobre y la pluma, y se dirigió a una pequeña sala a la derecha. Al principio, podía seguir oyendo el ruido de fondo y la música de *jazz*, pero poco a poco fue sintiendo cómo los sonidos se apagaban. Estaba en un viaje improvisado con sus amigos, sosteniendo una pluma estilográfica desconocida y escribiéndose una carta a sí misma... La pluma se deslizaba de forma elegante y segura sobre el papel grueso y resistente. Aunque no había pensado en lo que escribiría, la pluma corrió sobre el papel como si lo supiera.

Cuando dobló el papel y lo metió en el sobre, lo sintió bastante pesado. Le gustó ver el sobre abultado como el pecho de un gorrión. Derritió la cera color vino y estampó el sello, que tenía grabadas unas flores de cerezo y las palabras «La cocina de los libros de Soyangri» alrededor de un círculo.

Cuando metió la carta en el buzón, se oyó un «pum» fuerte. Al lado del buzón había una frase de *La papelería Tsubaki*:

Al meter la carta en el buzón, se oyó un «pop» suave.
Que tengas un buen viaje.
Sentía como si estuviera enviando una parte de sí misma
a otro lugar.
Esperar una carta también es algo placentero.
Ojalá llegue sin problemas a Cupido.

Por primera vez en mucho tiempo, Nayun sintió que había entablado una conversación con sus emociones. Hasta entonces, había vivido negando sus sentimientos de incertidumbre, miedo, soledad, apatía y arrepentimiento. Cuando llegaba a casa después de haber pasado todo el día estresada lidiando con su trabajo, solo quería descansar y no tenía energía para hacer introspección. Cuando por fin se enfrentó a sus emociones, descubrió que no eran tan terribles como había imaginado. Se sintió culpable por haber tenido miedo a perderse en la selva de sus sentimientos.

Comenzó a esperar con ansias la Navidad. ¿Cómo sería leer una carta escrita en primavera durante la invernal temporada navideña? Dio unos golpecitos en el buzón. Sentía como si alguien hubiera acogido sus sentimientos con mucha generosidad. Recordó la *chanson* que sonaba en la pequeña cafetería donde habían decidido hacer el viaje, las conversaciones hasta la madrugada bebiendo cerveza en «La cocina...», la fiesta sorpresa de cumpleaños y el pedalear junto al lago. Todos esos recuerdos pasaron por su mente uno tras otro.

Al mirar por la ventana, vio a Serin y a Chanwook acercándose con las manos llenas de cosas que habían comprado en el supermercado. Él fue el primero en verla y levantó el brazo derecho para saludarla. La camisa que había usado el día anterior estaba arrugada y tenía tierra en una de las mangas. Serin también la vio y la saludó saltando y agitando ambos brazos en el aire. Su vestido beige ondeaba al viento. Luego se inclinó hacia adelante con una expresión curiosa, intentando descifrar qué estaba haciendo Nayun. Siwoo corrió hacia la cafetería y chocó las manos con su amigo. Mientras parecía estar explicándole algo a Serin y a Chanwook con gestos, la señaló.

La luz del sol de abril brillaba con fuerza sobre los rostros de Serin, Chanwook y Siwoo. Era un día tan primaveral que hasta el viento se había detenido. Nayun también extendió los brazos hacia arriba y los agitó para saludarlos. Y en ese momento lo presintió: la imagen de los cuatro mosqueteros quedaría grabada en su mente como una fotografía. El clima, el aire y el paisaje se quedarían congelados en el tiempo.

En ese momento, Serin no tenía la menor idea de que, a partir del verano, trabajaría en «La cocina...» durante varios años. Tres meses más tarde, la librería dejaría de ser un destino de viaje y se convertiría en un espacio cotidiano. Sin embargo, Serin se fue de Soyangri mirando hacia atrás varias veces con nostalgia, sin percibir ninguna señal de lo que el futuro le deparaba. De regreso a Seúl, nadie dijo una palabra.

El camino corto
y el mejor camino

Los padres de Sohee eran profesores en una universidad de provincia y siempre le habían dicho que hiciera lo que quisiera. La criaron con libertad. No la llevaron a un jardín de infancia donde los niños aprendían inglés. Mientras sus amigos pasaban su vida de una academia a otra, ella vivía en la biblioteca leyendo lo que quería. Le gustaba todo lo que estuviera hecho con letras. Para ella, el mundo de los libros era más vívido que el real.

Cuando entraba en ese mundo, se sentía más libre que en un sueño. Las historias que más le gustaban eran las de aventuras. Al abrir un libro, podía convertirse en una exploradora que se encontraba con extraterrestres en medio de un vasto desierto o en una científica que estudiaba a los grandes reptiles en el Amazonas. Viajar más allá de las estrellas y recorrer el universo era posible dentro de un libro, al igual que perderse en el laberinto de las siete maravillas del mundo. Los libros la llevaban a un universo misterioso y fascinante, como una máquina del tiempo que trasciende el tiempo y el espacio.

Pero pronto Sohee se dio cuenta de la presión implícita que la sociedad le imponía a través de las charlas con amigos, las tutorías con profesores, las conversaciones entre los padres de sus amigos y los artículos periodísticos. El mundo le exigía sobrevivir a una competencia feroz y ser la mejor. Le insistían en que debía dar lo mejor de sí para ser especial y convertirse en alguien único.

«Sohee, creo que podrías hacerlo mucho mejor».

«Si fallas una vez, recuperarte será el doble de difícil».

«El mundo solo recuerda al número uno. Esta vez también debes hacerlo lo mejor posible. ¡Ánimo, Sohee!».

Durante las vacaciones de verano de su segundo año de secundaria, llegó a creer que si perdía una competición sería una fracasada. Nunca había pensado en qué tipo de trabajo quería tener después de ganar aquella competición solo odiaba la idea de perder.

Su padre había sido profesor titular desde que tenía memoria, pero su madre acababa de alcanzar ese puesto cuando ella comenzó la secundaria. La madre terminó el doctorado en una universidad coreana mientras la criaba y le llevó siete años conseguir un cargo en una universidad de provincia; a diferencia de su padre, que lo obtuvo de inmediato después de haber completado un doctorado en Estados Unidos. Aunque la vida laboral en una universidad así podría considerarse relativamente estable, había aspectos en los que se percibían ciertas carencias, tanto en lo académico como en lo financiero. Cada vez que notaba en la cara de sus padres una sombra de insatisfacción, renovaba su determinación de no quedarse atrás en ninguna competición.

No estaba claro si Sohee era brillante o si era demasiado competitiva, pero durante el instituto mantuvo el primer puesto en todas las materias y después entró en la facultad de Ciencias Políticas y Diplomacia de la Universidad de Corea. Cuatro años después, ingresó en la facultad de Derecho de la misma universidad. A pesar de que durante la temporada de exámenes la tensión extrema y el olor a remedios caseros eran moneda corriente, ella disfrutaba del estudio con calma.

Durante las vacaciones del segundo año en la facultad de Derecho, recibió una oferta laboral de un gran bufete de abogados. En el primer semestre del tercer año, aprobó el examen para convertirse en investigadora judicial. Dudó un poco entre las dos opciones, pero al final eligió seguir el camino de investigadora.

El trabajo resultó ser mucho más abrumador de lo que esperaba. Los casos estructurados que había estudiado rara vez aparecían en el mundo real. La cantidad de documentos que debía leer era inmensa y el tribunal parecía una biblioteca enorme, tal como le habían contado sus superiores en las salidas al bar. La primera vez que escuchó esas historias creyó que eran leyendas, pero terminaron siendo verdaderas. La puerta de las oficinas de los jueces estaba casi siempre cerrada y los empleados del tribunal trabajaban en silencio, con las cabezas enterradas en sus ordenadores. El ruido más fuerte era el de los carros que transportaban de un lado a otro montañas de expedientes apilados.

Casi nunca salían a tomar algo después del trabajo. Cada uno se iba a casa por su cuenta y ya. Un compañero que había terminado las prácticas y se había convertido en fiscal le dijo que era igual que volver al ejército. El tribunal era una república individualista. No había juegos para decidir quién traía refrigerios ni se organizaban salidas a restaurantes para el almuerzo.

Pero a Sohee le gustaba trabajar allí. Al organizar paso a paso toda la información, que parecía infinita, y reconstruir el caso de forma lógica, sentía que estaba creando una historia. Su puesto era una pequeña isla deshabitada. Le agradaban los días estructurados, llenos de silencio y quietud en ese espacio de diez metros cuadrados.

Al finalizar sus tres años como investigadora, trabajó otros tres en un pequeño bufete de abogados en Seochodong. Ya estaba a punto de alcanzar los siete años de experiencia legal necesarios para postularse como jueza. Su plan era solicitar el puesto el próximo otoño y comenzar a usar la toga judicial en la primavera del año siguiente.

Treinta y cuatro años y seré la jueza Choi Sohee.

Pensaba que ese era su destino, que todo llegaría en un orden y una velocidad inmutables como en una cinta transportadora. Hasta que sucedió aquello…

Sohee miraba las cuatro hojas de papel que estaban junto a una pila de documentos. No necesitaba revisarlas. Ya había confirmado el contenido por teléfono y el día anterior las había verificado unas cinco veces. Era su costumbre leer todos los escritos sin saltarse ni una palabra.

Volvió a mirar las hojas antes de dejarse caer en su silla de cuero negro. El asiento hizo un ruido leve al expulsar el aire y enseguida el silencio del ambiente la envolvió y la oprimió. Encima de su escritorio había documentos, transcripciones y peticiones que debía organizar y entregar antes del juicio, que se celebraría en tres semanas. En medio de ese desorden todavía estaba el vaso de plástico del batido que había bebido la noche anterior.

Comenzó a inhalar y exhalar en silencio. Cerró los ojos. Necesitaba parar un momento. En su oficina no corría ni una pizca de viento. Miró por la ventana la calle gris y aburrida de Seochodong, pero no sintió nada. De repente, quiso irse a algún lugar, aunque no sabía a dónde. No era de extrañar, ya que en los últimos siete años no se había tomado vacaciones, ni siquiera una escapada de fin de semana.

Abrió la aplicación de Instagram por impulso. Al escribir «pensión en el bosque» en la barra de búsqueda, apareció una gran cantidad de publicaciones. Luego buscó «cafetería literaria rural» y «pensión rural para uno». Mientras revisaba algunas publicaciones, una le llamó la atención. Parpadeó dos veces.

«Estancia y cafetería literaria "La cocina de los libros de Soyangri", un refugio pacífico en el bosque. ¡Promoción para reservas de un mes! ¡Reserva en junio y obtén un 40 % de descuento! Ten tu propio estudio de escritura».

Entró en la cuenta oficial de «La cocina…». Aparecieron fotos de montañas, habitaciones decoradas como estudios de artistas, un invernadero de vidrio lleno de flores, una cafetería acogedora y un sendero junto al lago bordeado por infinidad de cerezos en flor. Parecía una pensión recién inaugurada, con menos de dos meses de antigüedad, pero aun así la mayoría de las reseñas eran muy positivas. Sin dudarlo, pulsó «reservar».

El estudio en el primer piso era más pequeño de lo que había imaginado. Tenía el tamaño de una sala de estar de 80 metros cuadrados y una mesa de madera para seis personas ocupaba el centro. Ya que era un espacio blanco, a pesar de su pequeñez, no daba una sensación agobiante. En la mesa de té que estaba frente a la ventana había un hervidor eléctrico negro, un molinillo manual y tres macetas con plantas ornamentales. En la estantería empotrada había alrededor de cien libros, organizados por tema en secciones separadas. Sohee vio que había una gran variedad de ejemplares, desde novelas hasta ensayos de humanidades. En una silla plegable junto a los libros había un altavoz con conexión *bluetooth*. Era un lugar perfecto para leer o escribir.

Desde el altavoz sonaba una versión de *jazz* para piano de *Over the Rainbow*. Una canción que aparecía en la película *El mago de Oz*. También vio un ejemplar del libro en la punta de una estantería. Pudo verlo a pesar de que era más pequeño que los otros. Al parecer todo estaba coordinado. Sohee sonrió al sentir que se reencontraba con un viejo amigo. Siempre le había gustado esa historia: después de ser arrastrada por un tornado, Dorothy aterriza en la tierra de Oz. Quiere regresar a su casa, y todos le dicen que solo el poderoso mago de Oz puede ayudarla. En su periplo conoce a un espantapájaros que quiere obtener un cerebro, a un hombre de hojalata que anhela un corazón y a un león cobarde que desea ser valiente. Cuando por fin conocen al mago, descubren sorprendidos que solo era un anciano común y corriente.

Le encantaba ese giro argumental. Lo que más le gustaba era que el espantapájaros, el hombre de hojalata y el león resolviesen sus traumas en el camino. También le parecía gracioso que Dorothy se enterase al final de que sus zapatos plateados podrían haberla llevado de vuelta a su casa en cualquier momento.

Había una frase que le gustaba tanto que la tenía anotada en su diario:

«*You have plenty of courage, I am sure*», answered Oz. «*All you need is confidence in yourself. There is no living thing that is not afraid when it faces danger. The true courage is in facing danger when you are afraid, and that kind of courage you have in plenty*».

—*Estoy seguro de que te sobra valor* —respondió Oz—. *Lo único que necesitas es tener confianza en ti mismo. No hay ser viviente que no sienta miedo cuando se enfrenta al peligro. El verdadero valor reside en enfrentarse al peligro aun cuando uno está asustado, y esa clase de valor la tienes de sobra.*

Sohee observaba cómo las ramas del ciruelo se balanceaban a través de la ventana y pensó: *Los árboles no pueden emprender aventuras, viven enraizados siempre en el mismo lugar. Permanecen firmes. Tal vez viajan al interior de la tierra y regresan con el conocimiento de un sabio. ¿No es increíble que puedan ver sus zapatos plateados y no puedan huir?*

En ese momento, escuchó la voz de un empleado.

—Puede leer todos los libros que hay aquí. También puede leer los libros de la cafetería. Está abierta hasta las doce de la noche. Solo le pedimos que, por favor, apague las luces si es la última en irse. Uno de los programas que ofrecemos es el «estudio de escritura» y hay dos horarios disponibles: por la mañana, de nueve a doce, o por la tarde, de dos a cinco. No es un grupo de debate, nos reunimos a la hora indicada para que cada participante se dedique a leer o a escribir. La idea es estar tranquilos y poder concentrarnos en paz. Cuando venga a la cafetería, le explicaré en detalle.

El empleado continuó hablando con un tono tranquilo, aunque se lo veía un poco nervioso. Era alto, tenía las cejas tupidas y se vestía bien. Sostenía una libreta del tamaño de su palma, en la que había escrito algo. Enrolló la diminuta libreta con sus manos grandes como si fuera un *kimbap* y continuó hablando. Parecía un actor practicando para una obra de teatro.

—La ropa de cama y las toallas no se lavan todos los días por nuestra política medioambiental. Las cambiamos cada tres días, pero si necesita que lo hagamos con más frecuencia, no dude en avisarnos. También puede llevarse los libros de la cafetería para leer en su habitación. El usuario y la contraseña del wifi están en el folleto informativo.

—Gracias…

A Sohee le gustó el estudio. A decir verdad, le gustó mucho. Sin embargo, eso no se veía reflejado en su rostro. Solo en lo más profundo de su ser se podía ver que estaba a gusto. La verdad es que estaba tan agotada que ya no podía seguir conversando. Siwoo se sentía bastante avergonzado, ya que era la primera vez que un cliente no se impresionaba con el estudio.

«La cocina…» había abierto hacía tres meses. Hasta entonces había habido dos tipos de clientes: los que se quedaban pocos días o los que iban a la cafetería. Por eso a Siwoo le daba ansiedad esta clienta que iba a quedarse un mes entero. Todos los visitantes que conocían la librería quedaban fascinados: había superado tanto sus expectativas que no podían ocultar la emoción. Cuando se iban del establecimiento, aunque no se lo hubieran pedido, llenaban de fotos sus cuentas de Instagram y sus blogs. Todos se convertían en fanáticos del lugar. Siwoo era amable y extrovertido, así que no tenía problemas para hablar con los clientes en la cafetería. A veces les pedía opiniones sobre el café y otras les hacía evaluar nuevos postres. Al final se hacía amigo de todos, sin importar la edad.

Sin embargo, Choi Sohee era la excepción. Nunca le había costado tanto leer a un cliente. Tenía una expresión tranquila que no era fácil de interpretar. A algunos clientes el edificio les daba igual, pero se maravillaban al contemplar el paisaje montañoso desde las ventanas. Cada vez que hablaba con ella, se preguntaba si habría hecho algo mal.

—Si necesita algo… vaya a la cafetería o llámenos al número que aparece al final del folleto. Ah, el desayuno es a las ocho. Si no desea desayunar, le agradeceríamos que nos avisase con antelación.

Sohee esbozó una leve sonrisa y asintió. Todavía algo incómodo, Siwoo se rascó la cabeza y se fue. Ella se sentó en la silla que daba a la ventana. No era como la silla de cuero blando de su trabajo, sino una de madera que ofrecía un soporte firme.

Al lado de la mesa estaba su maleta verde. La luz solar que entraba por la ventana era apacible y tenue. El minutero del reloj analógico de la pared avanzaba con lentitud, ignorando el ritmo frenético de Seochodong, donde cada segundo contaba. *Over the Rainbow* terminó y Sohee comenzó a tararear la letra en su cabeza.

Someday I'll wish upon a star,
and wake up where the clouds are far behind me.
Where troubles melt like lemon drops,
away above the chimney tops, that's where you'll find me.

Un día pediré un deseo,
y me despertaré más allá de las nubes.
Donde los problemas se derriten como gotas de limón,
por encima de las chimeneas, allí me encontrarás.

Pensó si de verdad existiría un lugar donde los problemas se derritiesen como gotas de limón. Tenía miedo de que todo fuera una mentira, como las dulces promesas del mago de Oz. Esa tarde se quedó dormida de inmediato, sin deshacer la maleta siquiera.

—Ya han pasado dos semanas desde que llegó y todavía no puedo descifrar su rostro.

—¿De quién hablas?

— Choi Sohee.

—¿Choi Sohee? A mí me cayó bien —respondió Yujin.

Siwoo refunfuñaba mientras entraba a la cafetería.

—No habla mucho, pero me dio la impresión de ser una persona fuerte. Hyungjun, ¿tú qué opinas?

—Parece tranquila. Debe ser una estudiante de posgrado que está haciendo su tesis o una escritora que vino a terminar un guion —respondió con lentitud.

Se le vino a la cabeza la falda larga color beige y el fino cárdigan blanco que combinaban tan bien con su apariencia tranquila.

Hyungjun estaba a cargo de las habitaciones y del desayuno en «La cocina…». Cuando entraba al estudio de Sohee para cambiar la ropa de cama y las toallas, siempre sonaba *jazz*. Eddie Higgins Trio, Bill Evans, Stacey Kent, Diana Panton. A él le gustaban todos esos músicos. Aunque no sabía a qué se dedicaba o cuántos años tenía, estaba seguro de que era una persona sencilla y buena.

—No ha faltado ni una mañana a la sala de escritura. ¿Será una escritora de verdad? —murmuró Yujin mientras pegaba una postal sobre un libro nuevo.

—Dos semanas… —continuó Siwoo mientras sacaba una caja y colocaba los libros de cuatro en cuatro para hacer el inventario—. No sé cómo explicarlo… Es como si tuviera una máscara invisible. Como esos escudos protectores que aparecen en las películas de superhéroes. Esos que te resguardan de los ataques de los malos.

Juntó las palmas, imitando el ataque de un villano. Justo en ese momento retumbó con fuerza un trueno. El sonido fue ensordecedor. La pareja sentada junto a la ventana se estremeció y miró hacia afuera. Llovía mucho y el cielo estaba cubierto de nubes negras. Eran las 2:37 de la tarde, pero estaba tan oscuro que parecían las siete de la noche.

—Vaya, toda la semana ha estado soleado y justo cuando llega el fin de semana empieza a llover a cántaros —se quejó Yujin.

Hyungjun dejó de inventariar los artículos de cortesía de las habitaciones y miró hacia afuera con preocupación. El ambiente estaba pesado, y el aire, denso y cargado.

—No pasa nada con la lluvia, pero si es un tifón... —comentó Siwoo, después de haber apilado las cajas detrás del mostrador.

Yujin miraba su teléfono.

—El tifón que arrancó en Japón está atravesando el mar y podría crecer bastante. ¿De verdad vas a ir?

Yujin se mordió el labio inferior antes de responder.

—Oye, de todas maneras tengo que ir. ¿Sabes hace cuánto que no salgo?

Se conectó al sitio web del festival de *jazz* de Soyangri. Aunque se esperaba un temporal, solo apareció una ventana emergente con instrucciones de seguridad para el evento. No había ningún aviso de cancelación.

—Qué alivio. Parece que no van a cancelar el festival. Es la primera vez que Stacey Kent viene al país. ¡Y va a tocar con Little Flower!

Era la quinta edición del festival. Gracias al apoyo continuo del gobierno local para fomentar el turismo en la región, se había organizado una fiesta importante para que asistieran bandas coreanas independientes, cantantes de primer nivel y treinta artistas internacionales. Yujin había reservado la entrada con cuatro semanas de antelación al enterarse de que vendría Stacey Kent. Su concierto estaba programado para las siete de la tarde, el horario estelar.

—Hyungjun, ¿de verdad vas a ir? Que vaya la jefa no significa que tú tengas que arriesgarte, ¿no crees? —preguntó Siwoo.

Desde la ventana se escuchaba el rugido del viento. También podía verse cómo la lluvia caía con violencia.

—No creo que llegue a ser un tifón…

—¡Vaya, los de Soyangri son de otra raza! ¿Puedes adivinar el clima escuchando la lluvia y el viento? —exclamó Siwoo, impresionado.

—Es que el servicio meteorológico da la trayectoria del tifón en tiempo real —respondió en un tono monótono.

Hyungjun había vivido toda su vida en Soyangri. Creció y aprendió a sentir con cada fibra de su ser que tanto la lluvia como el viento tenían colores y formas. Quizá por eso, aunque le resultara difícil expresarlo con palabras, tenía la certeza de que la predicción del servicio meteorológico era correcta.

En ese momento, sonaron los teléfonos de todos. Les había llegado un mensaje de alerta por lluvias copiosas.

Yujin y Hyungjun se fueron alrededor de las cuatro. El viento seguía soplando con la intensidad de una ópera justo antes de la tragedia. Las ramas se agitaban tanto que parecían a punto de romperse. En cualquier momento el viento arrancaría los árboles de raíz. *Espero que no pase nada malo*, murmuró Yujin para sí misma. *¿Y si hay un deslizamiento de tierra o si el lago se desborda? ¿Y si algunos de los artistas no pueden llegar a Soyangri?*

Al principio Yujin sintió curiosidad. Pensó que tal vez fuera alguien que conocía pero no veía hace mucho tiempo. Tenía la sensación de haberla visto en algún lugar, pero no sabía cuándo ni dónde. Lo tenía en la punta de la lengua. No fue hasta que la miró por tercera vez que se dio cuenta. Aquella mujer que gritaba, sacudía un *lightstick* y saltaba emocionada era Choi Sohee. Llevaba un impermeable y corría hacia la parte delantera del escenario.

Cuando Stacey Kent comenzó a cantar, Sohee se transformó en la fan más entusiasta. Aunque llovía cada vez más fuerte, los espectadores, equipados con impermeables o paraguas, disfrutaban de la lluvia y de la atmósfera cálida. Se habían reunido para ver el espectáculo a pesar de la tormenta. El ambiente era más intenso que de costumbre; la tormenta era una prueba que recompensaba a los verdaderos fanáticos que habían podido pasarla. Sohee cantaba y aplaudía, abrazada con otros asistentes.

El concierto terminó bien pasadas las nueve. La lluvia había arreciado aún más y la cantante, preocupada por los espectadores, intentó terminar sin un bis. Pero el público no se lo permitió. Justo después de que tocara tres canciones más, aplaudieron y empezaron a recoger sus pertenencias. Por los altavoces se transmitía un anuncio que les deseaba a los asistentes un buen regreso.

—Ey, Sohee...

Yujin la llamó cuando pasó a su lado y esperó a que se diera vuelta. Sohee la miró sorprendida y luego sonrió incómoda.

—Ah... ¿Vosotros también habéis venido al festival?

Sohee se despidió del grupo con el que había pasado la noche y caminó hacia Yujin y Hyungjun. Su impermeable y sus botas estaban empapados. Aunque no era una noche calurosa de verano, se percibía un ligero olor a sudor. Ella seguía extática y eso se notaba en sus mejillas sonrojadas y los ojos brillantes. Yujin le sonrió mientras pensaba en lo maravillosa que era.

—Se nota que te gusta el *jazz*.

—Sí, aunque la verdad es que no entiendo tanto. Hay mucho sobre *jazz* en los libros de Haruki Murakami. Cuando leía sus interpretaciones sobre algunos músicos, me preguntaba si serían tan así. Y los buscaba para escucharlos. Así, poco a poco, fui encontrando algunas canciones que me gustaron. Eso es todo. Digamos que las recomendaciones de Murakami me funcionaron bastante bien.

Sohee alternaba la mirada entre Yujin y Hyungjun.

—¿A vosotros también os gusta el *jazz*?

—Ah, algo así —respondió Yujin mirándole las botas sucias—. La música clásica se me hace difícil, el *k-pop* tiene un ritmo demasiado frenético y la música *indie* es un poco complicada. Pero con el *jazz*, no siento la necesidad de entender nada para disfrutarlo. Lo que más escucho es *cool jazz* mientras leo. No sé si diría que me gusta, pero ya me he acostumbrado a tenerlo de fondo.

Le dio un codazo a Hyungjun y añadió:

—Él estudió música. Está en otro nivel, mucho más allá de una *amateur* como yo, ¿no es así, Hyungjun?

—¿En serio?

Los ojos de Sohee brillaron con curiosidad.

—Ah, no es tan así —respondió Hyungjun rápidamente, muy nervioso—. Soy un principiante. He olvidado casi todo. No recuerdo nada.

Los tres rieron al mismo tiempo. Sintieron una especie de afinidad, un vínculo en lo más profundo de sus corazones.

Aunque vivieran distantes como islas dispersas en un mar inmenso, sus emociones estaban conectadas por una melodía similar en algún lugar bajo el agua.

A pesar de que habían traído un paraguas grande, Yujin y Hyungjun ya estaban bastante mojados, así que no necesitaban usarlo. El viento seguía arremolinando la lluvia y las gotas se colaban en su ropa. Sin embargo, seguían tan emocionados por el concierto que no sentían frío.

—Sohee, vamos a hacer tortitas en la cafetería. ¿Quieres quedarte a comer? Me gusta comer tortitas por la noche. Compramos los ingredientes cuando veníamos para aquí. Sabíamos que nos daría hambre al volver a «La cocina…».

Las tortitas tenían un color brillante, similar al caramelo. Hyungjun sacó un bote de helado de vainilla del congelador. Fuera se escuchaba el sonido de la lluvia chisporroteando como una hoguera, seguido de un ruido similar al que hacen las olas del mar. Los tres comían tortitas con helado mientras hablaban sobre el concierto.

Yujin les contaba por qué le gustaba Stacey Kent.

—Por eso, cuando cantó *Postcard Lovers*, se me vinieron a la mente los viajes que hice con mis amigos. El viento, las risas, el clima y ellos estaban presentes en la canción…

Sohee asintió.

—Cuando escucho su voz, algo se agita en mi pecho. Siento que me transformo en un pez escarlata en una pecera. Todo se torna tranquilo. La melodía acaricia las emociones profundas, cálidas, solitarias y aterradoras que estaban enmarañadas y las va ordenando en ovillos.

El ruido de la lluvia contra el vidrio tenía el poder de evocar viejos recuerdos. El viento había amainado y un breve silencio cayó sobre ellos.

—Pero... ¿cómo terminaste trabajando aquí si estudiaste música? —le preguntó Sohee a Hyungjun con cautela.

El viento respondió a la pregunta con un fuerte silbido. Hyungjun, un poco incómodo, comenzó a hablar con un tono de voz grave que a Yujin le recordó a un violonchelo.

—Quería convertirme en letrista, así que estudié música práctica. Lo hice lo mejor que pude, pero no había ni un solo lugar que quisiese a un desconocido. Probé en concursos, hice presentaciones, envié propuestas, escribí currículums, pero no funcionó nada. Pasé dos años así después de graduarme, hasta que decidí regresar a Soyangri. Empecé a trabajar a media jornada en la tienda de jardinería de una vieja amiga de mi madre. Ya no sabía qué hacer, ni qué quería realmente. Un día me topé con «La cocina...» y, cuando vi el anuncio de que buscaban personal... me quedé despierto toda la noche preparando mi carta de presentación y una propuesta de proyecto.

Yujin sonrió al recordar ese día y cruzó miradas con él. Ella terminó de contar la historia:

—Ni te imaginas. El día de la entrevista estaba tan nervioso que no paraba de decir incoherencias. Lo que me gustó de él fue la expresión en sus ojos. Había desesperación... una desesperación llena de honestidad.

En su escrito, Hyungjun proponía que «La cocina de los libros de Soyangri» fuese un cauce por donde fluyeran las historias de las personas y un lugar de descanso donde pudieran encontrar consuelo en momentos difíciles. Además, había planificado un programa anual con muchas actividades. Sus ideas para el *marketing* en redes sociales también eran innovadoras. Así que, antes de la entrevista, Yujin y Siwoo ya sabían que debían contratarlo sí o sí. Hyungjun estaba encorvado por la ansiedad y no podía ocultar su nerviosismo. Ella le sonrió y le dijo: «¿Puedes empezar a trabajar el próximo lunes? La obra aún no ha terminado, así que por un tiempo parecerá que llegas a un sitio en plena construcción».

Yujin pensó que las noches de verano lluviosas eran mágicas. Era un momento en el que daban ganas de sacar a la superficie las historias más escondidas dentro del corazón. Las emociones que permanecían en silencio bajo el brillante sol del mediodía aparecían durante la lluvia nocturna. El pozo de sus sentimientos estaba tan lleno que era imposible no hablar y todo lo que dijera se lo llevaría el agua.

Sohee, que había estado escuchando el sonido de la lluvia sin decir nada, por fin habló:

—Yo... acabo de recibir los resultados de mi chequeo médico... Podría tener cáncer de tiroides. Dicen que es un tumor y que las probabilidades de que sea cáncer son altas. Decidí que lo extirparan. La cirugía está programada para el mes que viene.

El ambiente se congeló por un instante. Yujin, sorprendida, levantó la cabeza para mirar a Sohee, mientras que el rostro de Hyungjun se tensó. Incluso el viento perdió fuerza y el exterior quedó en silencio. Ella permanecía impasible, como si hablara de otra persona.

—Pero lo han descubierto en una etapa temprana y no hay metástasis; con la cirugía no habría grandes problemas. El médico me dijo que la tasa de curación supera el 90 %. Hoy en día, la medicina está muy avanzada, no es nada grave.

Sohee continuó hablando con calma mientras aplastaba con el tenedor los últimos trozos de su tortita. El aroma del helado de vainilla le rozó la punta de la nariz.

—Mi tío falleció de cáncer de tiroides hace diez años. No tenía mucha relación con él, pero... fue la primera persona cercana a mí que murió. Es un recuerdo intenso de cuando tenía veinte años. Sabía que la vida tenía un final, pero nunca lo había experimentado. Tenía poco más de cincuenta años. En aquel entonces, creía que la desaparición de una vida era algo inmenso. Pero ahora, diez años después, he pensado que...
—Hizo una pausa para ordenar sus pensamientos. Fuera seguía lloviendo. Yujin y Hyungjun seguían sentados en silencio, como actores de teatro que esperan su turno para salir al escenario. Sohee soltó un leve suspiro y continuó hablando— que diez años es muy poco tiempo. Tenía veintidós cuando falleció mi tío y ahora tengo treinta y dos. A este ritmo podría llegar a los cincuenta en un abrir y cerrar de ojos.

Yujin se bebió el café, que ya se había enfriado. Hyungjun tenía la mirada perdida, inmerso en sus pensamientos. Aunque Sohee parecía tranquila, le temblaba un poco la voz. Levantó sus dedos delgados y se recogió el pelo hacia atrás, luego soltó su coleta para atarla de nuevo. Quería mantener la compostura, amarrándola con una goma.

—Me di cuenta de que no existen los momentos perfectos. Vivimos en un estado de imperfección, donde en un instante llega el final y todo se apaga de repente. Durante mis veinte, me olvidé por completo de esa realidad. Era alguien que encajaba bastante bien con las exigencias de este país. Tenía un fuerte espíritu competitivo y no me molestaban los exámenes. Sabía resolverlos dando respuestas claras. Así que, con algo de suerte, entré en una buena universidad. Me gradué sin problemas de la facultad de Derecho y empecé a trabajar sin parar.

Sohee miraba hacia algún lugar fuera de la ventana. Más allá del paisaje empapado por la lluvia observaba algo con atención. Tomó un sorbo de café. Jugueteaba con su cabello, viendo si estaba bien atado.

—Cuando leí los resultados por primera vez, los leí sin pensar. Recomendaban hacer un examen exhaustivo para detectar el cáncer. Y de la nada se me ocurrió algo. Tal vez esto sea un mensaje de mi tío. Si él me hubiese escrito una carta desde el cielo, me habría dicho algo como: «Sohee, piensa en lo que realmente deseas, no en lo que los demás dicen que debes hacer. La vida es más corta de lo que crees».

Yujin recordó el día en que Sohee había llegado a «La cocina…». Estaba agotada y taciturna. Se notaba que la gran maleta verde oscuro que arrastraba apenas tenía cosas dentro, ya que rebotaba en el suelo. El bosque estaba en su máximo esplendor veraniego, lleno de vida exuberante, pero en su rostro no se veía ni un rastro de admiración, como si hubiera hecho un aterrizaje de emergencia en un planeta pequeño y solitario.

Sin embargo, había un leve resplandor en su rostro durante esa noche de lluvia interminable. Se la veía mucho más relajada. Mientras la escuchaba en silencio, Yujin sentía que estaba oyendo su propia historia.

Sohee tomó otro sorbo de café y siguió:

—Tal vez viví escondida en una zona de confort. Todos creen que tengo una buena vida, que he tomado el camino correcto. Me aplauden por haber pasado exámenes difíciles y haber ganado a una competencia feroz. Pero nunca me detuve a pensar si este era el juego que quería jugar o si era el tipo de persona que quería ser. Solo me concentré en competir, sin preguntarme qué había al final del camino.

Nadie le preguntó cómo quería vivir. Nadie quiso hablar con la mejor estudiante sobre lo que realmente quería hacer o cómo podría ser ella misma. Ni siquiera ella se hacía esa pregunta, ya que no era un problema inmediato. Solo vivía con el propósito de ganar la competición que se le presentase, avanzando en línea recta.

—Los resultados del chequeo médico pusieron un freno repentino a mi vida. Sentí que me estaban preguntando cuál era mi verdadero sueño, si sabía quién era…

—Ya veo… —respondió Yujin, mirándola a los ojos—. Tal vez… eso sea algo bueno.

—¿El qué?

—Que hayas frenado tu vida. Que, en lugar de seguir adelante hasta llegar a la última página, hayas tenido la oportunidad de detenerte y pensar.

—Sí, tal vez sea así…

—Hay un libro de Kim Youngmin que se llama *Es bueno pensar en la muerte por la mañana*…

Yujin continuó hablando mientras daba golpecitos en su taza. Los truenos retumbaban y el ruido se amplificaba cada vez más. Sentía que estaba descendiendo a algún lugar lejano, a lo más profundo de la tierra.

—Un amigo me lo recomendó mucho porque está lleno de frases ingeniosas. Una que me gustó fue la de Mike Tyson: «Todos tienen un plan hasta que reciben el primer golpe».

Los tres se rieron al mismo tiempo. El ambiente parecía más ligero. Yujin tomó un sorbo de café y continuó.

—El autor cuestiona los valores y procesos que damos por sentados en la vida, como el matrimonio, los estudios o el éxito. Se pregunta todo el tiempo por qué. También dice que la vida es demasiado corta y valiosa para perderla escuchando discursos largos o leyendo textos aburridos. Los libros nos animan a reflexionar sobre nuestra propia vida y a leer frases que nos hagan sentir algo emocionante.

Sohee asintió y Yujin la miró a los ojos.

—Por eso… tal vez sea una oportunidad. Quizá no sea un frenazo, sino la oportunidad de vivir la vida de verdad.

—Quizá… tengas razón —dijo Sohee, agarrando su taza con ambas manos—. Tal vez sea mi oportunidad para disfrutar de la vida.

—Creo que mi oportunidad en la vida fue viajar a Australia —comentó Hyungjun, que hasta entonces se había quedado escuchando y sin decir nada—. Después del servicio militar, me fui allí con una visa de trabajo.

Era la primera vez que Yujin escuchaba esa historia.

—¿A Australia?

—Sí…

Con la vista en el café negro, que ya se había enfriado, Hyungjun empezó a hablar. Su voz grave encajaba bien con el sonido de la lluvia. Aunque rara vez mostraba sus emociones, esa noche una parte suya se iba a revelar como la luna en un lago.

—Para ser sincero, me escapé. No tenía nada claro, solo quería volver a la facultad de Música. Y un día mi compañero de cuarto me dijo algo curioso: la estrella polar no se puede ver en el hemisferio sur. También me dijo que en Australia la luna se mueve en una dirección diferente a la que estamos acostumbrados en Corea.

Hizo una pausa porque su voz sonaba rara. Se aclaró la garganta. Yujin intentó calcular qué hora sería en ese momento, pero no pudo. Luego se imaginó a Hyungjun cosechando tomates en una inmensa granja australiana. También visualizó a la luna abriéndose paso, mientras él y su compañero se desplomaban de cansancio.

—En el hemisferio norte, la estrella polar es el punto de referencia inmutable, un estándar absoluto y constante. Todos creen que seguirla es lo normal. Pero en el sur la normalidad es diferente. Al mirar el cielo nocturno en Brisbane, me imaginé de noche en un desierto sin rumbo y pensé que, dependiendo de dónde esté, cada quien buscará una estrella que señale una dirección distinta. Si te perdieses en una montaña nevada en el norte, buscarías la estrella polar, pero en el hemisferio sur tendrías que mirar hacia la tenue Cruz del Sur. Nos parece natural que los dónuts tengan un agujero en el centro, pero resulta que los dónuts originales no lo tenían. Entonces... quizá no haya una sola regla para vivir una vida normal.

A Yujin le vino a la mente una novela. En esa historia hay un mundo con dos lunas en el cielo, y eso es normal. Los personajes miran con recelo al protagonista porque él se cuestiona un hecho tan obvio. Él también está desconcertado. Para él solo debería haber una luna en el cielo, así que se pregunta por qué de repente hay dos. Aunque no encaja con su visión del mundo, decir que hay una sola luna en esa nueva realidad en la que había entrado por accidente es ir contra el sentido común. Los artículos periodísticos, las noticias televisivas y las investigaciones científicas afirman que son dos las lunas que orbitan alrededor de la Tierra.

Sohee asintió.

—Es cierto... Nuestra sociedad idolatra a los candidatos más jóvenes que aprueban exámenes y a los que resuelven problemas en el menor tiempo posible. Cada persona se desarrolla de forma distinta y hay muchas maneras de trazar el camino de la vida. Pero si te desvías un poco, te invade la ansiedad, aunque nadie haya explicado cuál es el camino correcto.

Su voz era como escuchar la lluvia invernal que cae sobre un arroyo al amanecer. No había enfado en ella, sino agotamiento.

—Nos acosan todo el tiempo para que logremos ser los mejores y nos imponen ese estilo de vida como la única forma de ser exitosos —respondió Yujin—. Nuestra sociedad espera que aprendamos a caminar sin tropezar ni una sola vez… Te hacen sentir que tu vida depende de eso y que desviarte del camino puede ser mortal.

Hyungjun se rio con amargura.

—Es así. Ni siquiera el GPS asume que el camino más corto es siempre el mejor…

A Sohee le brillaron los ojos y aplaudió emocionada.

—¡Tienes razón! Si hasta el GPS lo sabe, ¿por qué todos actúan como si no lo supieran? ¡Hay que elegir el mejor camino!

Todos se miraron y rieron. La frase «elegir el mejor camino» se fue adentrando en el corazón de Sohee. La vida no era una carrera de cien metros ni una maratón. Tal vez la vida era descubrir el ritmo y la dirección adecuados para uno mismo: trazar el mejor camino para cada uno.

—Tengo una duda. Cuando solicitaste quedarte un mes, ¿tenías algún plan? —preguntó Hyungjun con un poco más de confianza.

—No planeé nada. Solo quería disfrutar de la naturaleza, leer libros y escribir un diario. Ah, y también ir al festival de *jazz*.

El ambiente se volvió mucho más alegre.

—Lo decía porque a veces te veía escribiendo muy concentrada… Así que era tu diario.

—Sí, al principio solo escribía eso. Pero un día comencé a pensar en la historia de *El maravilloso mago de Oz*. Ese mundo donde todo se ve a través de gafas de cristales verdes. Quería conocer los verdaderos colores del país de Oz. Y lo imaginé muy colorido. También pensé en que, de la misma forma en que a cada persona le sienta bien un color, lo mismo sucede con los libros. Entonces escribí sobre una librería mágica que ayuda a los clientes a encontrar el libro de su vida.

A Yujin le brillaron los ojos debido a la emoción.

—Vaya, ahora me da curiosidad tu historia.

—Ay, por ahora solo son garabatos. Ja, ja.

Sohee sintió que el vacío que había en su interior comenzaba a llenarse. Compartir su historia le hacía bien y por fin empezaba a derretirse eso que había estado oprimiéndole el pecho.

Una pequeña luz se filtró en la oscuridad. Al confesarles a Yujin y a Hyungjun que estaba hundida en un lago profundo, sintió que la rescataban. Ahora la lluvia sonaba como la percusión de una banda de *jazz* alegre y le daba ánimos. Se le dibujó una sonrisa en el rostro al recordar el día en que se le ocurrió viajar a Soyangri.

La tormenta parecía no tener fin, pero Yujin sabía que no era así. El último momento de su vida finita se acercaba cada vez más. Pero no se puede vivir soportando una noche interminable. Todos necesitamos darnos un tiempo para abrazar el festival de la oscuridad y bailar. Esa noche, el tifón había perdido su fuerza.

Yujin comía tortitas mientras observaba a Sohee conversar con Hyungjun. Pronto ella sería jueza. Pero la máscara de jueza no sería el destino final de su vida, sino el punto de partida. Deseaba que Sohee pasase los días como jueza y las noches escribiendo. Imaginaba que en pocos años vería su libro en las estanterías de la librería y esperaba que encontrara el mejor camino para su vida.

4
Sueño de una noche de verano

Era la primera vez en cinco horas que Serin se sentaba. A lo lejos, vio a la novia entrar al salón de la recepción con un vestido corto. Parecía un poco cansada, pero aliviada de que la boda al aire libre hubiera terminado sin problemas. Contenta y relajada, saludaba a sus conocidos mientras sujetaba con firmeza la mano de su esposo.

Durante las últimas semanas de agosto en Soyangri, el calor del sol había sido abrasador, pero hoy el cielo estaba cubierto de nubes grises. La luz era tenue y las hortensias veraniegas se desplegaban con elegancia en el jardín de «La cocina…». Los invitados se saludaban y comentaban que no hacía tanto calor como habían esperado.

La boda al aire libre fue el primer proyecto de Serin en la librería. Para ser más precisos, fue su primer trabajo y lo consiguió de casualidad. Después de conocerla en abril, comenzó a hablarle a todo el mundo sobre el lugar. Estaba fascinada con su belleza y vivía subiendo fotos a sus redes sociales.

«Oye, ¿crees que sería un buen lugar para hacer una boda al aire libre?», le escribió por Instagram Jihoon, un amigo con el que no hablaba hacía mucho tiempo. Al principio, Serin no se acordaba de quién era. El mensaje la confundió un poco hasta que recordó que era el primo de Namwoo. *¡Ah! Aquel chico inteligente y bonachón que vive en Alemania.* Llevaba más de veinte años en Berlín, pero se comportaba como un coreano que nunca había salido del país.

Serin respondió de inmediato.

«Claro que sí. ¡A mí me encantaría casarme allí! Es un lugar muy romántico. ¿Vas a casarte?».

«Genial. Es que un compañero del laboratorio se va a casar y la novia quiere que el enlace sea sí o sí al aire libre. En Seúl ya no quedan reservas para algo así, por eso están buscando en todos lados».

«Entiendo. Conozco a los empleados. Les preguntaré si organizan bodas».

Serin le consultó a Siwoo si era posible realizarla en «La cocina de los libros de Soyangri».

Así fue como ella se unió al personal de la librería. Oficialmente, su función era diseñar productos de *merchandising* para ellos y elaborar propuestas de *marketing*. Pero también se encargaba de preparar eventos pequeños, como seminarios, recepciones y casamientos.

Organizar una boda por primera vez fue como participar en una maratón. Serin era ilustradora, algo más parecido a una carrera de cien metros, y ahora tenía que correr de un lado a otro para asegurarse de que el lugar, la comida, la decoración y la música estuvieran sincronizados como en una orquesta. Visitó hoteles famosos que brindasen ese servicio, tuvo reuniones con empresas de *catering* para probar varios menús y fue a todas las tiendas de artículos para fiestas para ver cuáles tenían los mejores productos. «La cocina…» era un gran lienzo en blanco y allí volcaba las ideas más románticas para su boda ideal.

—¡Cuánto tiempo!

—¡Vaya, Jihoon! ¿Eres tú de verdad? Ya eres todo un señor.

Aunque no se veían hacía más de cuatro años, Serin no se sentía incómoda. Él le recordaba a Namwoo, su primer amor. No era alguien de muchas palabras, pero tampoco era difícil conversar con él. La última vez que lo había visto tenía el pelo corto, un poco de acné en el rostro y acababa de terminar el servicio militar en Corea. Hoy había aparecido con un traje elegante. Sus hombros eran más anchos y el cabello largo estaba cuidadosamente peinado con cera. El traje azul oscuro combinaba bien con los zapatos negros de charol. Llevaba calcetines grises con rayas púrpura. El rostro de Jihoon, que sonreía mientras miraba a Serin a los ojos, era mucho más delicado que antes. Incluso parecía que se había vuelto un poco más astuto.

—Cuando me escribiste, pensé que eras tú el que se casaba. ¿Qué haces en un laboratorio? ¿Estás en Corea ahora? ¿Ya no vives en Alemania?

—Estoy haciendo un máster en psicología en una universidad coreana. La comencé apenas terminé el servicio militar. He decidido quedarme y residir aquí. ¿Se dice «residir»?

Jihoon esbozó una sonrisa leve. Sus ojos seguían formando una medialuna cuando sonreía. Esa mirada hizo que recordara a Namwoo. Ya no le dolía pensar en él. Era un sentimiento un poco melancólico y, en gran medida, indiferente. A veces, también le venían a la mente momentos felices que la alegraban.

—A pesar de haber vivido tanto tiempo en Berlín, quieres vivir en Corea. Y esa persona de allí… ¿es tu amiga?

Serin preguntó en voz baja, mirándola de reojo para que nadie más lo notara. Él asintió y sonrió, pero ella pudo ver cómo el rostro se le ensombrecía. Jihoon inhaló y exhaló para reprimir sus pensamientos.

—Sí… es la amiga de la que te hablé. Mary.

Jihoon y Mary eran amigos de la infancia. El padre la llevó a Berlín cuando tenía tres años y la familia de Jihoon emigró cuando él tenía seis. Los dos crecieron en entornos muy distintos ya que sus familias no tenían nada en común. Parecían dos niños que vivían en épocas diferentes, pero en el mismo espacio.

Mary no tenía parientes en Alemania, así que era imposible saber algo de la madre. Ella jugaba a imaginarse qué tipo de ropa le habría gustado o cómo sería su rostro cuando se hacía una foto. La pequeña a veces se miraba al espejo y se preguntaba si serían parecidas. La relación con su padre era solo legal, tan solo compartían el apellido. En cambio, la familia de Jihoon tenía un vínculo químico. Parecían un solo organismo: compartían todo, desde sus alegrías cotidianas a sus miedos más profundos.

Los padres de Jihoon tenían una tintorería en el barrio coreano de Berlín, que abría a las seis de la mañana y no cerraba hasta las once de la noche. Su madre siempre tenía el cabello enmarañado y una mirada cansada, y su padre vivía preocupado, preguntándose cómo iba a llegar a fin de mes. Sin embargo, a Jihoon nunca le faltó nada.

Por muy ocupados que estuvieran, los padres lo miraban a los ojos al menos una vez al día y le decían que lo querían. Ahorraban dinero para su cumpleaños en una pequeña hucha y los domingos lo llevaban a parques, galerías, al Museo de Historia Natural y al zoológico de Berlín. Las innumerables fotos de ellos juntos eran la evidencia de su amor. Hasta donde podía recordar, sus padres siempre lo habían hecho lo mejor que podían, siempre sonreían y siempre le decían que lo querían. Esa fue la mejor lección de vida que pudieron darle. Gracias a ellos, creció y se transformó en un niño fuerte y seguro de sí mismo.

Después de cinco años pudieron acomodarse. La lavandería era una fuente de ingresos estable y se hicieron cargo de la tienda de comestibles vecina que estuvo a punto de cerrar. A pesar de que los costos aumentaron al abrir otra lavandería en el distrito de Mitte, el boca a boca los ayudó y pudieron seguir creciendo. Esos lugares tenían algo auténtico. La lavandería y la tienda de comestibles emanaban calidez y honestidad. Los clientes recibían un afecto genuino y volvían atraídos como por un imán. No era solo porque tuvieran que lavar ropa, no era solo porque tuvieran hambre. Era porque querían alegrar sus corazones. Los padres de Jihoon reavivaban los corazones descoloridos y suavizaban las almas arrugadas. Era natural que sus comercios prosperaran.

Cuando cumplió once años, entró en una escuela internacional a treinta minutos de Berlín. El sueño que sus padres habían albergado desde que emigraron a Alemania se hizo realidad. La escuela era casi perfecta, tanto por su plan de estudios como por su ambiente. Aunque la matrícula anual costaba millones de wones, no se arrepintieron.

Jihoon estaba muy nervioso el primer día de clases. Al abrir las puertas del antiguo edificio de ladrillos rojos, se encontró con aulas brillantes y modernas. La clase tenía un máximo de quince alumnos y todas las materias se impartían en inglés.

Se podía practicar flauta, equitación, natación, tenis, *ballet*, fútbol e incluso teatro musical. Los maestros sonreían todo el tiempo y el césped del patio siempre estaba bien cuidado. La escuela era un paraíso, donde pudo hacerse amigos de diversas nacionalidades.

Ese mismo día se fijó de inmediato en Mary. Ella estaba sentada en la segunda fila de la clase. O tal vez, más que fijarse, su mente la reconoció de algún rincón profundo de su alma. La había visto por primera vez cuando tenía ocho años en el Museo de Historia Natural. Tenía un rostro inexpresivo y estaba sentada en el salón central junto a una señora que parecía muy severa. Pasó de largo y se dio la vuelta para mirarla de nuevo. Era tan bonita como una muñeca de cera, pero en su mirada triste había algo que no se correspondía con otros niños de su edad.

Jihoon se dio cuenta de que la niña estaba mirando a su familia. Los padres lo estaban agarrando de una mano cada uno y sus rostros brillaban de alegría, ya que después de una semana agotadora estaban disfrutando del museo con su hijo. La madre no paraba de hablarle en coreano. La niña seguía con la mirada fija en ellos mientras cruzaban un pasillo arqueado y desaparecían en la sala adyacente, llena de mariposas e insectos disecados. Entonces, los ojos de Mary se encontraron con los de Jihoon, y ese momento quedó grabado para siempre en su mente, dejando una marca incomprensible.

Mary tenía veintiocho años y nunca había bebido hasta emborracharse. En reuniones y fiestas, bastaba con que fingiera estar borracha para que todos le creyeran. Sus amigos pensaban que no tenía tolerancia al alcohol, pero no era cierto. En realidad, a ella la ponía nerviosa que sus pensamientos salieran a la superficie. No confiaba en la hipnosis ni en las terapias psicológicas. Más que no confiar, las evitaba. Antes de hablar, siempre se aseguraba de que la mentira que contase sonara natural en su cabeza, por eso verificaba cada detalle de lo que inventaba. Decir la verdad le resultaba difícil.

—¿No te da pena tener que volver a Estados Unidos?
—Sí, un poco, pero mi madre quiere que regrese pronto.

Mary le respondió a un colega del laboratorio con un tono que daba a entender que ya no quería seguir conversando y luego observó la librería. Ya estaba oscureciendo y el jardín se iba transformando en un salón de recepción. Las luces amarillas eran tenues y cruzaban el césped como piedras de un sendero. De repente, comenzó a sonar un vals.

Por supuesto, Mary no tenía una madre que le insistiera en regresar a Estados Unidos. Sin embargo, cada vez que la mencionaba, parecía que de verdad tenía una madre cariñosa, amable y, a veces, molesta. Como una cineasta meticulosa y persistente, había escrito el guion de su vida. Memorizaba los detalles que había creado, imaginaba a los personajes y se repetía a sí misma, una y otra vez, que eran reales, que existían de verdad. Era como lanzar un hechizo mágico. Recordar a la madre de Jihoon lo hacía todo más fácil. Entonces, se lo creía.

Sorprendentemente, al construir una casa con una historia falsa bien elaborada en un mundo ficticio, esa casa se volvía real. No había ningún problema. Después de todo, ¿no es la vida un tejido de verdades y mentiras? Dentro de la mentira se desplegaba un mundo dulce, acogedor y que tenía algo especial.

—Habría sido genial que tu madre también viniera a Corea... Al estar solo un año como estudiante de intercambio, es difícil dejar un historial de investigación significativo. Lo que quería decir es...

No estaba claro si era por falta de tacto o porque era alguien muy sociable, pero su colega continuó hablando mientras agitaba la copa de champán. Era un estudiante avanzado de doctorado que investigaba sobre psicología cognitiva en el campo de la comunicación mediática. Las burbujas en la copa de champán brillaban como joyas.

—Ah, un momento, por favor.

Mary lo interrumpió con una sonrisa que mostraba sus dientes perfectamente alineados. Luego asintió con la cabeza, fingiendo saludar a alguien con la mirada, y se levantó del asiento. El hombre se giró para ver a quién saludaba, pero no pudo identificar a nadie en particular. Los compañeros del laboratorio conversaban en voz baja, aunque de vez en cuando estallaban en risas.

Se mezcló con el grupo de manera natural, como un camaleón que adopta el color de su entorno. Sonrió al ver a un compañero con el que había ido al karaoke hacía poco. Estuvieron gritando y brindando mientras cantaban abrazados. Le gustaban las reuniones al estilo coreano. Nunca había vivido en una sociedad donde las personas estuvieran tan cerca a nivel físico. El característico sentido de comunidad coreano siempre se despertaba cuando bebían y Mary se sintió cómoda muy rápido. Sentía que había regresado a su hogar después de mucho tiempo.

La mesa del bufet estaba llena de comida coreana. Había costillas de cerdo estofadas, fideos *japchae*, varios tipos de *jeon*, *kimbap*, *bulgogi* y los típicos fideos para celebraciones, *janchi guksu*. Los platos de cerámica eran simples pero de muy buena calidad y brillaban junto al juego de cubiertos. Todo estaba dispuesto para que los invitados disfrutaran. Mary pensó en la mesa navideña de la casa de Jihoon. Su madre era de Yeosu y pudo recrear en Berlín a su querida ciudad. Se hacía traer de Corea todo lo que no podía conseguir en Alemania. Solía preparar *kimchi* fresco, estofado de caballa y guiso de mariscos y los servía con más de nueve guarniciones *banchan:* huevos en salsa de soja, tofu frito y nabo, entre muchas cosas más.

En aquella época, la comida coreana hecha con mariscos era algo novedoso para Mary. Conocía el *bulgogi* y el *kimchi* blanco, pero la sopa de mariscos, el estofado de pescado y el *kimchi* con mostaza eran platos que nunca había degustado. Cuando probaba toda esa nueva gastronomía, era tal su alegría que parecía que sus papilas gustativas la hubieran estado anhelando durante toda su vida. Su coreano no era perfecto, pero entendía a Jihoon y a sus padres. Cuando estaba con ellos, no necesitaba inventar historias. En esa familia se creía que todas las personas eran sencillas y no había necesidad de aparentar lo que uno no es. No entendían la felicidad pasajera o la sensación de superioridad que a Mary le daba fingir ante los demás. Tampoco las frases «Lo digo por experiencia», «Mira cuánto dinero gano» o «Yo también viví cosas así» tenían algún valor para ellos.

Así que Mary se liberó de la presión de tener que parecer perfecta y especial cuando estaba con Jihoon. Su familia nunca le hizo ninguna pregunta. Ni siquiera les importaba cómo había sido su vida hasta el momento. No le preguntaron directa o indirectamente qué tipo de trabajo hacía su padre, si era de una familia adinerada, cuál era el recuerdo más memorable con su madre o cuáles eran sus metas para el futuro. Para ellos, Mary era solo una amiga de su hijo; y para Jihoon, Mary era solo una amiga coreana que había conocido en Alemania. En su mirada podía leerse: «Con eso es suficiente. ¿Qué más necesitas?». Cuando los conoció, ella pudo sonreír sin preocuparse por nada.

—¡Mary!

Jihoon la llamó desde el otro lado del jardín. Aunque no gritó tan fuerte, lo escuchó enseguida. Mientras pasaba entre la gente, los compañeros del laboratorio la miraron de reojo.

Mary tenía un rostro pálido, una frente prominente y ojos grandes como los de una Barbie. Llevaba el cabello castaño claro atado hacia atrás y un vestido negro. Casi no usaba maquillaje, así que su rostro hermoso destacaba aún más. Tenía los hombros un poco encorvados como una niña asustada, pero su andar era el de una bailarina elegante. La rodeaba un halo misterioso. Aunque sus compañeros la conocían desde hacía casi un año, todavía les parecía una extraña, una investigadora nueva.

Mary tropezó y Jihoon la sostuvo. Cuando levantó la cabeza, él le estaba sonriendo. A su lado, una mujer de aspecto simpático la observaba.

—¿Cómo es posible que no hayas cambiado en nada?
—Jihoon…

Mary asintió de forma inconsciente. Solo podía pensar en que, después de tanto tiempo, otra vez le estaba sonriendo.

Caerse era la especialidad de Mary. A pesar de que tenía una postura perfecta, se caía todo el tiempo: en las clases de *ballet*, en los pasillos de la escuela, en las fiestas de Halloween y en los ensayos en el escenario. A él lo conoció cayéndose. Estaban a punto de chocarse y Mary intentó esquivarlo. Al tropezar, se torció el tobillo y Jihoon la llevó a la enfermería porque no podía levantarse. Desde ese día se hicieron amigos inseparables.

Tuvo la pierna escayolada durante cuatro semanas y Jihoon pensó que era su deber llevarle el bolso y otras cosas, ya que él la había lastimado. Hacían la tarea de matemáticas juntos y se reunían a leer para las clases de debate. Los libros que más le gustaron fueron *Matar a un ruiseñor*, *Ana la de Tejas Verdes* y *El principito*.

Conoció a los padres de Jihoon en diciembre de ese año.

—¡Ay, pero qué guapa eres! —exclamó la madre abrazándola.

Era como una tía a la que no hubiera visto en años. Mary estaba muerta de vergüenza, pero al mismo tiempo disfrutó del cálido aroma a comida que emanaba. Jihoon sonrió y la presentó.

—Mamá, ella es Mary, la chica de la que te hablé. Se siente más cómoda hablando en alemán, pero también sabe algo de coreano. Me dijo que recibe clases particulares desde el jardín de infancia.

—Estudiar coreano no debe de haber sido nada fácil. ¡Es verdaderamente admirable! Al fin y al cabo, sigues siendo coreana.

El padre, vestido con un traje elegante, los saludó a ambos. Mary tomó con cuidado la mano que le tendía y se sorprendió al sentir que era más suave de lo que esperaba.

Compartió seis cenas navideñas con la familia después de ese primer encuentro. Jihoon creía que también pasarían juntos una séptima, pero en las vísperas de esa reunión Mary dejó de hablarle. Pensó que tendría alguna razón y que pronto lo contactaría, así que esperó. Sin embargo, pasaron diez años sin que volviera a aparecer. Había cortado el lazo que los unía y se esfumó sin dejar rastro. En realidad, Mary podría haberlo contactado en cualquier momento, pero no lo hizo.

Jihoon entró en la Universidad de Leipzig y obtuvo una licenciatura en psicología. Creía que allí podría encontrarla. La buscó por todos lados, pero nadie sabía nada. No tenía amigos, no usaba redes sociales, ni siquiera se había hecho la foto de graduación en la escuela secundaria. Por supuesto, su número telefónico y su dirección eran privados. A pesar de todo, Jihoon no podía rendirse. Su corazón no se lo permitía. Antes de separarse pensaba que solo eran amigos, pero ahora sentía que le faltaba una parte de su propio cuerpo. La nostalgia lo atormentaba y los recuerdos eran tan vívidos como las hojas del otoño. Cada vez estaba más claro que para él Mary no había sido solo una amiga.

Empezó a recordar con nitidez la forma en que ella fingía cuando se encontraba con extraños. De niño no les daba mucha importancia a esos detalles, pero al crecer, entendió que Mary se sentía más cómoda usando una máscara. Lamentó no haber hablado nunca del tema ni haberla ayudado. Ella era complicada, calculadora e incomprensible, pero él conocía a la verdadera Mary: una niña asustadiza que lloraba cuando estaba sola y que lo único que quería era ser normal…

Y hoy estaba frente a él mientras atardecía en el jardín de «La cocina de los libros de Soyangri». Ella lo miraba después de haber saltado un muro de diez años. Sabía que Mary podía desvanecerse como un espejismo si ella así lo quería. Un poco emocionado y con un peso en el pecho, Jihoon le presentó a Serin.

—Ella es Serin, una ilustradora que promete mucho.

—¡Qué exagerado! Ja, ja. Jihoon me dijo que erais amigos inseparables en Alemania, ¿no?

—Ah, sí. Yo…

Tragó saliva antes de continuar.

—Me llamo Mary.

Se preguntó si podría escaparse de esta situación fingiendo que no sabía coreano. Era un poco complicado de explicar, pero ver a Jihoon, su amigo de la infancia, con un traje elegante, y a esa mujer con ojos tan hermosos le resultaba insoportable. ¿Le molestaba la sensación de que no era necesario mentir ante ellos?

—Mary, qué nombre tan bonito. Te queda muy bien. Ah, cierto…

Serin recordó algo de repente y lo comentó. Aunque hablaba tranquila, se notaba que estaba emocionada.

—Hoy a las siete haremos un club de lectura nocturno. Es un proyecto que pensamos con otras librerías y esta noche nos toca a nosotros. Estaremos abiertos hasta las once. Como el casamiento termina antes de las siete, nos reuniremos de todos modos. ¿Os gustaría participar? —dijo entregándole un panfleto a Mary.

Jihoon sonrió y asintió. Mary no se percató del intercambio de miradas entre ellos. El título decía: «Lectura de una noche de verano».

Libro del mes de agosto: *La chica salvaje*, **de Delia Owen.**
Kya es una niña que fue abandonada en un pantano. A través de su vida, oiremos la voz de la soledad y la melancolía.

Mary no tenía ganas de imaginar a una niña abandonada.

—Ehm… yo solo quiero un *latte*… —respondió después de leer el panfleto, intentando sonar indiferente.

—Vayamos juntos, Mary —insistió Jihoon sin dejarla terminar. En su voz grave había un tono imperativo. Los dos cruzaron miradas.

En los ojos de Jihoon había un mundo cristalino. Un lago tranquilo donde se reflejaba la luz cálida de la luna y donde no era necesaria la luz del sol. En cambio, dentro de los ojos de Mary había un mundo confuso y caótico. Una montaña rusa andaba a toda velocidad y fragmentos de recuerdos volaban por el aire. Era una casa en ruinas a punto de colapsar.

Él la observaba en silencio. Su mirada le decía: «Todo estará bien». Era un sentimiento tan profundo que no se podía expresar en nuestro lenguaje imperfecto. La pureza de sus ojos le dio miedo. Sentía que podía expiarse en su mirada, pero ella seguía hundida en su interior. No podía arrastrarlo a su miseria. Se quedó callada, su temple habitual se desvanecía ante él.

Un piano sonaba de fondo. Había siete participantes en la cafetería. Todos estaban sentados en la mesa de madera ovalada y Yujin, de pie frente al proyector, leía en voz alta:

> El invierno en el sur es más amigable, y se asentaba poco a poco. La luz del sol envolvía los hombros de Kya y la seducía a lo más profundo del pantano. A veces los ruidos misteriosos de la noche la inquietaban y los relámpagos que caían frente a ella la asustaban. Sin embargo, cada vez que se tambaleaba, el suelo del pantano siempre la sostenía. Cuando llegó un momento de incertidumbre, el dolor se filtró en su corazón como el agua del mar en la arena. No desapareció del todo, sino que penetró en lo más profundo de su ser. Apoyó la mano sobre la tierra húmeda. La sentía palpitar, la sentía respirar. Así fue como el pantano se transformó en la madre de Kya.

Las oraciones del libro se transformaron en sonido y resonaron por toda la cafetería. Las letras impresas en las hojas cobraban vida en este mundo como cachorros recién nacidos a través de la voz de alguien. En un instante, la pequeña sala en la que estaban se convirtió en el pantano de Kya. Fuera, una cigarra se oía a los lejos, el viento rozaba la hierba y varias luciérnagas deambulaban como cometas perdidas.

Yujin fue la primera en hablar.

—Todos podemos empatizar con Kya. Cuando la protagonista tenía cinco años, la madre la abandonó y nunca regresó. Los hermanos tampoco pudieron hacer frente a la violencia del padre y se fueron. Al final, el padre alcohólico también se fue de la casa. La niña se quedó sola en medio de la naturaleza, entre la tierra húmeda.

Mary sintió que habían descubierto su alma. El secreto que había guardado durante tanto tiempo se derretía ante la luz del día. La máscara que le cubría el rostro, su segunda piel, se desvanecía. Comenzó a imaginar los ojos acuosos de Kya.

—Cuando la sociedad inventó todo tipo de rumores sobre Kya —continuó Yujin—, ella se hizo amiga de la soledad y creció gracias al consuelo del pantano y la marisma. Su vida cambió por completo cuando conoció a Chase y a Tate. Chase se sintió atraído por la belleza de Kya, y Tate fue su único amigo cuando era pequeña. Creo que la autora, a través de la lucha solitaria de Kya y el amor puro de Tate, nos invita a reflexionar sobre el significado de la soledad en nuestras vidas y el sentido del amor.

Jihoon pensó en Mary cuando leyó por primera vez *La chica salvaje*. En ese entonces, ella ya se había marchado de su vida. La imaginó en algún lugar del mundo y deseó que el libro llegase a ella.

Él lo sabía. Sabía que Mary encontraría paz en la inmensidad del pantano. Sabía que hallaría un consuelo muy distinto al de pasar horas charlando con alguien en una cafetería o en un bar de vinos. Sabía que Kya permanecería en silencio junto a Mary durante el atardecer. Cuando cayera el sol y el mundo se tornase rojizo, en esos momentos de soledad, ella se quedaría a su lado. Sabía que Mary encontraría un amigo en quien confiar cuando leyese ese libro. Sabía que podría contarle lo que fuera a Kya...

Al terminar la primera sesión, los miembros del club bebieron té en silencio. Jihoon fue al baño. Mary abrió un ejemplar de *La chica salvaje* y comenzó a leer. Era un libro que te atrapaba desde la primera página.

En ese momento, escuchó la voz de Jihoon detrás de ella.

—¿Estás lista?

—¿Para qué...? —preguntó, sorprendida.

—Para salir a caminar —respondió, mostrándole un repelente de mosquitos.

—¿Ahora? ¿No ves que tengo zapatos de tacón? —Mary lo observó incrédula y él le sonrió con un entusiasmo aniñado en su mirada.

Jihoon la guio por un pequeño sendero que empezaba en el jardín trasero de «La cocina...». El aire era cálido y húmedo. Aunque no había farolas, la luz de la luna iluminaba el camino y el sendero estaba bastante concurrido. Había luciérnagas por todas partes. De vez en cuando se oían los gritos y las risas de los niños que intentaban cazarlas. El clima era más fresco en el bosque y las luciérnagas revoloteaban en la brisa.

—Se hace difícil sin zapatillas —se quejó Mary.

—Sabía que dirías eso —dijo Jihoon, sacando un par de su mochila.

—¿Cómo se te...?

—Es tu regalo de cumpleaños. Son de tu talla, ¿verdad?

—Sí...

Jihoon colocó las zapatillas frente a Mary. Ella titubeó un instante, pero se las calzó.

—En Corea dicen que, si le regalas zapatos a alguien, esa persona puede escaparse.

Él la miró a los ojos. Mary entendió lo que le estaba diciendo y sintió un dolor en el pecho.

—Desaparecer es tu especialidad —bromeó con algo de resentimiento en su voz.

Mary se quedó tiesa, sin poder responderle. Jihoon la ayudó a levantarse y señaló un desvío.

—Es por allí. Estamos a cinco minutos de un pantano.

Ambos se alejaron del sendero principal. Algunas personas caminaban de la mano por el pequeño humedal. Se escuchaba croar a las ranas y zumbar a los insectos. También había cigarras; era ensordecedor. El viento que soplaba desde el pantano era tan fresco que hasta le dio frío. Mary no llevaba calcetines, por eso tenía las plantas de los pies pegajosas y los mosquitos le molestaban cerca de los oídos. Sin embargo, estaba a gusto. Estar en un bosque lleno de luciérnagas en pleno verano junto a Jihoon le parecía sorprendente y maravilloso. Le resultó curioso que él conociera tan bien un lugar en el que nunca había estado.

—Llegamos.

—Guau, ¿y esto?

—Dime tú… ¿Qué será todo esto?

Jihoon sonrió con calidez. Había una manta a cuadros color rojo y una cesta de pícnic con postres y champán. Delante de la cesta, había una postal con una ilustración de un bosque lleno de luciérnagas y una frase escrita a mano: «Para Jihoon y Mary».

—Serin me indicó el mejor lugar para ver luciérnagas. Me dijo que iba a encontrar una sorpresa. Ja, ja.

Decenas de luciérnagas volaban en grupo sobre un pequeño charco. Se movían de un lado a otro como si estuviesen enviando mensajes en código. Mary no podía dejar de mirarlas mientras tomaba champán.

—Qué lugar tan increíble. Parece otro planeta.

—Aquí no había luciérnagas. La librería pidió que las trajeran desde Muju.

—¿En serio? Se nota que se lo toman todo muy en serio.

Mary las observó con otros ojos, mientras Jihoon asentía.

—Si hubiésemos seguido por el sendero principal, habríamos llegado a un lago. Antes los habitantes del pueblo usaban ese camino, pero cuando construyeron una carretera en la parte baja del pueblo, dejó de ser necesario. Los muchachos de «La cocina...» trajeron las luciérnagas para revitalizar la zona.

Mary esbozó una leve sonrisa.

—Ah... un camino sin utilidad.

Jihoon tomó una tartaleta de huevo del cesto y le dio un mordisco. Continuó hablando mientras miraba los insectos voladores.

—Las luciérnagas apenas viven dos semanas. Brillan durante catorce noches y luego desaparecen del universo. Siento que no hay muchas oportunidades para conocernos... ¿Crees que en nuestra vida tendremos al menos catorce noches en las que podamos hablar con sinceridad?

La sonrisa de Mary se desvaneció. Jihoon se giró para verla, pero ella desvió la mirada y bebió un sorbo de champán en silencio. Su rostro se tensó. Él dejó la tartaleta de huevo y se enderezó.

—Cuando te vi sentada en el banco frente al comedor estudiantil... pensé que solo era alguien que se parecía a ti y seguí de largo. Pero mi cuerpo reaccionó antes que mi mente.

Sentí un cosquilleo en la nuca y me detuve. Cuando me di la vuelta, me estabas mirando. Apareciste después de diez años. Éramos colegas de laboratorio. Qué decir… fue algo muy de tu estilo.

Jihoon recordó ese día, cuando se había reencontrado con ella un año atrás. Una tarde de verano en la que el tiempo comenzó a tambalearse de nuevo. La observó en silencio durante un buen rato, como si así pudiera recuperar el rastro del tiempo pasado. No pudo hacerle ninguna pregunta. No podía percibir nada en sus ojos. El muro de Mary era más alto de lo que recordaba.

Ella rompió el silencio y le habló como si nunca se hubieran distanciado. Le contó que estaba cursando un máster en psicología social y que viajó a Corea por un año como estudiante de intercambio. Volvería a desaparecer después de un tiempo, como si nunca hubiera existido. Como un sueño de una noche de verano.

Las luciérnagas revoloteaban. La brisa del bosque le acariciaba el cabello. Jihoon suspiró y continuó hablando:

—Yo sabía que en el club de lectura comentaríamos *La chica salvaje*. Quería que conocieras este libro. Porque cuando lo leí por primera vez, la primera persona en la que pensé fuiste tú.

Mary tragó saliva. Quería decir algo, pero las palabras no le salían de la boca. Sentía que Jihoon había tomado una decisión. Aunque era un hombre cálido, cuando se proponía algo, adoptaba la fortaleza y la determinación de un gladiador.

—Eso fue antes de que volviera a verte. Solo pensaba en que estabas viviendo en algún lugar bajo el mismo cielo que yo y cuánto me gustaría que este libro te encontrara.

El champán frío brillaba con un leve tono amarillo mientras las burbujas se asomaban a la superficie. Jihoon bebió un sorbo y observó las montañas más allá del pantano. El cielo tenía un matiz violáceo.

—Sabía que encontrarías la paz en la inmensidad del pantano. Sabía que hallarías un consuelo muy distinto al de pasar horas charlando con alguien en una cafetería o en un bar de vinos. Sabía que, cuando cayera el sol y el mundo se tornase rojizo, en esos momentos de soledad, Kya permanecería a tu lado. Por eso, yo... yo solo quiero que tú...

Jihoon titubeaba sin poder terminar la frase. Mary estaba sentada abrazándose las piernas cuando de repente rompió el silencio.

—Yo... sentía que te encontraba en esas historias.

Jihoon la miró a los ojos. *¿Por qué me tiembla tanto la voz?*, pensó Mary. Nunca se había puesto así de nerviosa. El pecho le latía con fuerza e intentó calmarse.

—*Matar a un ruiseñor, Ana la de Tejas Verdes, El principito.* ¿Te acuerdas de los libros que leímos juntos?

Los fragmentos de esas historias aparecían en su mente. Recordó la sensación de pasar las páginas gastadas de los libros que habían pedido prestados de la biblioteca. Jihoon asintió.

—Claro que me acuerdo. También me acuerdo de cuando derramaste zumo de naranja sobre *El principito*.

—Ja, ja. Sí, fue en la parte donde estaba el planeta lleno de baobabs, ¿no?

—Mmm... creo que era cuando conversaba con la rosa. ¿Y recuerdas cuando tuvimos que hacer el informe sobre *Ana la de Tejas Verdes*? Habíamos leído cada uno una mitad y nos contamos la historia.

—Es que Ana es muy charlatana. El libro era muy largo.

—Sí. Una vez que empieza a hablar, un párrafo no le basta.

Jihoon sonreía y Mary lo observaba: *Yo también quería contarte todo. Tenía tantas cosas que quería decirte.*

Mary se sirvió otra copa de champán.

—Cuando leímos *Matar a un ruiseñor*, estábamos comiendo en tu casa, ¿no? Creo que teníamos que entregar un trabajo antes de las vacaciones de Navidad.

Pensar en su yo de hacía diez años la movilizó.

—Jihoon, yo… a veces pienso que he estado contigo todo este tiempo. Aunque no hayamos hablado cara a cara… cuando releía los libros que había leído contigo, tú siempre estabas ahí. Recordaba el clima de esos días, cómo me sentía, hasta qué habíamos comido. Lo recordaba todo.

Mary se detuvo a mirar las zapatillas que le había regalado.

—Siento que… seguiste siendo mi amigo durante esos diez años.

Jihoon repitió las palabras de Mary en su mente. Nunca habían dejado de ser amigos… La miró tratando de comprender lo que había dicho.

—Pero pudimos haber seguido en contacto… ¿Yo hice algo mal?

—No… nada. Sabes mejor que nadie que no —le respondió con rapidez—. Es que yo… me di cuenta de que no podía fingir estar bien frente a ti. No te podía contar sobre la madre adorable y el padre cariñoso que había inventado. No podía engañarte y decirte que era una mujer inocente que deseaba casarse y formar una familia. No podía mentirte con mis historias.

Para Jihoon, ella se parecía a la rosa de *El principito*. Esa rosa que deseaba ser orgullosa y perfecta, que quería que la viesen como la única en el mundo… pero que, al mismo tiempo, solo deseaba una vida normal. Solo deseaba que el principito la cuidara.

Apoyó la mano sobre el hombro de ella.

—Mary, todos vivimos con alguna mentira. A veces para protegernos, a veces para proteger a otros de nosotros. Y a veces solo para escaparnos de la realidad.

Mary levantó la vista poco a poco. El cuerpo le temblaba y tenía la mente en blanco.

—Jihoon…

Sentía que tenía que decir algo, pero las palabras no le salían. Las luciérnagas hacían titilar su luz verde sin cesar.

Jihoon continuó hablando sin apartar la mirada del rostro de Mary.

—La verdad es que he oído cosas sobre ti en distintos lugares. Pero tú nunca me dijiste nada. Pensaba que aún no querías contármelo. Por eso decidí ignorar aquellos rumores. Esperaba que me hablases cuándo y cómo quisieras. Pero nunca quisiste decirme nada.

Jihoon recordó aquella noche de verano en Leipzig en la que se había sentido muy triste.

—Vi a Mary en una cafetería de la Universidad de Boston. Hace más o menos tres meses.

Esa noche, Jihoon sintió un dolor punzante en el pecho. Ya habían pasado cinco veranos sin que supiera nada de ella. Estaba en una cena con antiguos compañeros del colegio internacional. Mientras tomaban cerveza y se contaban sus novedades, un estudiante que había estado de intercambio en Estados Unidos habló de Mary.

—¿En serio, Jason? ¿Cómo estaba?

—Se casó. No me lo dijo, pero le vi el anillo. Guau, era un diamante. Nunca había visto uno tan grande. Casi no pudimos hablar. Tenía mucha prisa.

Se casó..., pensó Jihoon mientras los otros seguían hablando de Mary.

Fue como si lo hubieran golpeado delante de todos. Nunca se había imaginado que Mary pudiera estar casada. Se alejó del bullicioso salón y subió a la terraza de la cervecería.

El clima era insoportable debido a que el suelo de piedra había retenido el calor de todo el día. Pero Jihoon no sentía nada. Se le vino a la cabeza el rostro de Mary: la niña de ocho años que había visto en el Museo de Ciencias Naturales, esa amiga que lo miraba a los once cuando se conocieron en la escuela, la joven que reía en la cena navideña.

Después de ese incidente, decidió no hacer el posgrado en Leipzig y regresó a Corea para cumplir con el servicio militar. Cuando lo finalizó, tampoco volvió a Alemania. No esperaba encontrarla en Corea. Jihoon solo necesitaba un entorno nuevo. Un lugar donde no hubiera rastros de ella...

Mary abrazaba sus rodillas como un animal acurrucado.

—Hoy quiero ser sincero contigo. Pensándolo bien, yo tampoco fui totalmente honesto. Quizá solo me queden dos semanas para verte en esta vida. Solo quiero expresarte mis sentimientos, sin complicaciones.

Se lo veía sereno, pero ella sabía mejor que nadie que estaba temblando.

—Mary, te aprecio mucho. Quise protegerte a ti y a todos tus secretos. Quería decírtelo antes de que desaparecieras de nuevo.

Un viejo baúl, hundido en el fondo del mar desde hacía mucho tiempo, estaba subiendo a la superficie. Y ahora el remolcador lo trasladaría hasta un contenedor. Así visualizaba Jihoon sus sentimientos.

Sacó una caja pequeña de su mochila. Era del tamaño de un anillo. Mary se quedó petrificada. No podía hablar. Él abrió la caja y en su interior había una mariposa disecada dentro de un cuadro.

—¿Te acuerdas del vestíbulo del Museo de Ciencias Naturales cuando teníamos ocho años? Esa fue la primera vez que te vi. Nos observabas tanto a mis padres y a mí, que no pude evitar girarme. Entré a la sala de mariposas disecadas, pero solo pensaba en tus ojos. Tus ojos vacíos y solitarios se parecían a las mariposas. A veces, cuando veía animales disecados, me acordaba de ti. Pensaba que eras una niña encerrada en una gran torre. No sé qué fue lo que te encerró de esa manera ni qué hizo que te odiaras tanto, pero creo que es hora de dejarlo ir.

—Jihoon, yo…

Por fin pudo llorar. Después de ver la mariposa comenzó a sollozar con las manos sobre el rostro. Era la primera vez que lloraba así frente a otra persona.

Jihoon se acercó a ella y la abrazó. Le ofreció el hombro a una amiga agotada por la vida como alguien que sostiene a una persona que atraviesa su peor momento. Mary era un pajarillo que, tras volar sobre el vasto océano toda la noche, ahora tenía las alas mojadas por las nubes del amanecer. Le dio unas palmaditas en la espalda igual que una madre que consuela a su bebé. Cada palmada estaba cargada con sus sentimientos: «Todo está bien, Mary, todo va a estar bien».

Pasaron bastante tiempo así, y luego salieron a caminar por el sendero lleno de insectos y cigarras cantando a coro. A través de la sofocante brisa nocturna se filtraba el fresco aroma del bosque. Las luciérnagas volaban silenciosas. Parecía una danza de mariposas en la oscuridad; un sueño y al mismo tiempo un lugar que ya habían visitado antes. Los dos caminaron a la par en silencio, hasta que se detuvieron al mismo tiempo. Al final del sendero brillaba una luz cálida.

Mary comenzó a hablar. Las pestañas mojadas por las lágrimas le temblaban ligeramente.

—Jihoon… Antes que nada, quiero decirte que lo siento. Me ha llevado más de diez años. Tú sabes que yo… soy muy desconfiada. Me sentía satisfecha al decir mentiras complicadas y que la gente me creyera. Ya no me reconozco… Fui inventándome una personalidad y a las personas les gustaba lo que les mostraba. Así viví entre la mentira y la verdad.

Jihoon quiso decir algo, pero Mary continuó.

—A ti no te podía mentir. Es más, no quería mentirte. Me odiaba a mí misma cuando te mentía. Durante estos diez años he tenido varias oportunidades para contactarte, pero no pude. Tenía miedo de que me descubrieras y me abandonaras. Y no quería arrastrarte a mi vida. Porque es un desastre… Pero todo esto debe sonar a excusas…

A Mary le temblaron aún más las pestañas. Era evidente que luchaba por contener las lágrimas.

—¿Conoces el… síndrome de Ripley?

Mary no esperó una respuesta y se largó a hablar más rápido.

—Bueno, yo… me sumergí en un mundo de fantasía y creí que era real. No sentía que estuviera mintiendo. Pensaba que no tenía nada de malo decir que era la persona que deseaba ser. Es más, creí que esa versión mía de mentira era la verdadera. Pero hace dos años hubo un incidente… y me diagnosticaron el síndrome de Ripley. Al principio no lo quise admitir porque viví creyendo que el mundo que yo misma había creado existía. Me llevó mucho tiempo aceptar que estaba mintiendo. Sigo en tratamiento… Estoy haciendo terapia…

Jihoon asintió con lentitud, y con ese gesto le decía que todo estaba bien. No preguntó nada más, solo agarró la mano temblorosa de Mary. Había decidido estudiar psicología para intentar entender cómo funcionaba la mente de ella. Pensó que quizás ella también había estudiado psicología para entenderse a sí misma.

Los dos llegaron al final del sendero tomados de las manos. «La cocina de los libros de Soyangri» seguía allí con todas las luces encendidas.

—¿Cómo salió todo? —le preguntó Siwoo a Serin mientras entraba con una bolsa de basura que había recogido de las mesas de la fiesta.

Serin estaba sentada en la cafetería, observando a Mary y a Jihoon, que se acercaban lentamente. Ambos charlaban sin parar. Tal vez debido al ventanal abierto de par en par, la brisa fresca de la montaña había invadido el lugar.

—Aún no lo sé. Justo están volviendo —respondió sin apartar la vista de ellos.

Quería ver la expresión de sus rostros, pero era difícil por la distancia. Por la forma en que caminaban, parecía que ninguno de los dos estaba demasiado emocionado ni tampoco distante.

Siwoo suspiró antes de hablar de nuevo.

—Ese es Jihoon, ¿verdad? Qué tipo tan magnífico.

—Sí. Tienes razón…

Serin se preguntó si Namwoo habría tenido algún parecido con Jihoon.

—Primero fue a Gangwondo y luego a Muju… No lo tuvo fácil —dijo Siwoo mientras cerraba las bolsas de basura y los miraba.

—¿Ella sabe que Jihoon se pasó más de un mes recorriendo todo el país para conseguir las luciérnagas? Los favores que tuvo que pedir…

—No creo que se lo haya dicho. Ocurrió lo mismo con el club de lectura. Quería que ella conociera ese libro y nos pidió que la reunión se hiciera hoy sin falta. Dijo que tenía algo que decirle esta noche.

—¿Algún día esa mujer se dará cuenta de cuánto la han amado?

Nadie sabía si esa historia que ambos estaban construyendo tendría un final feliz o triste. Al igual que una peonza que gira a gran velocidad y al perder la fuerza no se puede saber en qué dirección caerá, no se podía saber cómo terminaría la relación de Mary y Jihoon.

El calor iba menguando y la luna seguía resplandeciente. Al otro lado del ventanal, las luciérnagas aún volaban y por momentos parecía como si bailaran al compás de una melodía.

El viernes de la segunda semana de octubre a las seis de la mañana

Min Soohyuk tenía veinte años. Hasta ese momento, la suerte siempre le había sonreído. O al menos, así pensaba. Durante su infancia vivió en una mansión en Yeonhuidong. Su abuelo materno lo llevaba y lo traía del jardín en un sedán negro importado. El jardín de infancia era privado y muy famoso. Realmente se preocupaban muchísimo por él.

Él siempre fue mucho más alto que sus amigos. Tenía buen cuerpo, era de buen comer y siempre era el líder allí donde fuera. Si hubiera nacido en la dinastía Joseon, habría sido un guerrero formidable. Tenía un carácter explosivo y era impaciente, aunque a veces también era un poco engreído, pero en el fondo disfrutaba de la compañía de la gente. Cursó primaria en la zona de Dongbuichondong. Durante todos sus años de estudiante hizo lo que se esperaba de alguien de su edad: salir con amigos a comer *ramyeon*, *tteokbokki* y *kimmari*.

Creía haber tenido una vida ordinaria, pero de adulto notó que tanto los padres de sus amigos como los suyos no eran normales. La mayoría había tenido carreras exitosas en el mundo empresarial, financiero o político. Era un ambiente donde se valoraba más la felicidad personal y las aptitudes individuales que los logros académicos. No iban corriendo de instituto en instituto después de la escuela.

Soohyuk creció pensando que la vida era preciosa y valía la pena vivirla. Cuando se encontraba con amigos que sufrían depresión o estaban frustrados, no entendía por qué estaban tan amargados. Se asustaba cuando algunos compañeros reflexionaban sobre la vida y la muerte y por eso los confrontaba. No tuvo problemas en el amor. Ya que tenía una piel bonita y era un gran atleta, las chicas se le acercaban. Salía con chicas un poco por curiosidad y un poco por enamoramiento. Su vida era un lujoso centro comercial lleno de productos brillantes donde todo lo que deseaba estaba a su alcance.

A pesar de que sus notas fueron decentes y entró a una universidad en Seúl, sabía que su padre no estaba contento con eso. Era la única persona a la que le tenía miedo.

Sus padres se habían casado por amor. En esa época la familia de su madre era una de las más importantes en el mundo empresarial. Sin embargo, no forzaron un matrimonio arreglado como sucede en las novelas. La única condición que pusieron fue que el marido se hiciera cargo de los negocios familiares. Él había estudiado canto lírico y su sueño era ser tenor. Pero en los años ochenta no era fácil vivir de eso en Corea. Él entendió los deseos de su suegro y se convirtió en un hombre de negocios.

El padre de Soohyuk resultó ser un buen empresario. Sabía distinguir entre la propuesta de un estafador y un proyecto con potencial. Evitaba las reuniones innecesarias, como los desayunos con hijos de los conglomerados *chaebol* o los seminarios de desarrollo económico de Corea. En cambio, revisaba todas las semanas los balances de su compañía en detalle porque los números no mentían. Podía ver con claridad las causas de las ganancias y de las pérdidas. Impulsaba con firmeza las reestructuraciones del personal y no se dejaba influenciar por lazos emocionales de relaciones antiguas. Era un líder tajante.

Por eso Soohyuk le tenía miedo. Su padre despreciaba las relaciones basadas en el amor o la amistad. Nunca permitía situaciones sin sentido por apego emocional. Después de más de treinta años al frente de la empresa, su estilo de gestión se filtró en la educación de sus hijos. Para Soohyuk, era una plancha de acero gruesa y resistente, un hombre fuerte al que no le afectaban los golpes. El mayor temor de su progenitor era que Soohyuk no pudiera tolerar las dificultades de la vida porque había crecido en un ambiente feliz. Hasta los veinte años, solo había caminado por una alfombra roja, y le preocupaba pensar en qué decisiones tomaría si de repente tuviese que transitar un camino lleno de malezas.

De todas formas, no es que el padre lo reprendiera o le exigiera algo en particular. Solo le hacía comentarios con segundas intenciones.

—Eres demasiado blando. La vida es una tormenta, ¿cómo la vas a enfrentar siendo tan delicado como un melocotón? Espabílate.

Aunque la gran mayoría de los encuentros con su padre eran cortos y protocolares, Soohyuk no los toleraba. Siempre parecía enfadado con él y sentía que nunca estaría a la altura de sus expectativas.

Su madre era todo lo contrario. Cuando estaban juntos, sentía que caminaba por una playa soleada frente a un mar sereno. Con ella podía hablar de cualquier cosa. En su primer año en la universidad, le dijo que quería dejar la carrera para ir a estudiar teatro musical a Nueva York. Su madre lo ayudó a buscar una escuela y también viajó con él para alquilar una casa. Y además convenció a su marido, a quien no le gustaba nada la idea, y le enviaba todo el dinero que necesitara. En una ocasión le comentó que el sueño de su padre había sido ser tenor lírico y le parecía maravilloso que él fuera productor musical. Cuando Soohyuk regresó a Corea, su padre le ordenó unirse a la empresa y aprender el negocio.

No podía empezar a producir espectáculos de la noche a la mañana, así que debía ayudarlo. Si en ese momento la madre no hubiera intervenido con firmeza, tal vez Soohyuk habría obedecido.

Esa vida radiante y dulce como un melocotón comenzó a desmoronarse cuando se dio cuenta de que carecía del talento para ser productor. Después de su estancia en Nueva York escribió guiones durante más de un año, pero no pudo llevar ni una sola obra al escenario. En los concursos no le explicaban cuál era el motivo, pero él lo intuía. Sus guiones eran torpes a la hora de expresar el dolor, la tristeza y las frustraciones de la vida. No lograba crear historias naturales con las que la audiencia empatizara.

Mientras atravesaba un periodo de ansiedad, un amigo le trajo una propuesta de inversión para un musical. La idea era llevar a Corea la franquicia de una obra muy famosa en el extranjero y que Soohyuk fuese inversor y productor. Pensó que sería una buena oportunidad para demostrarle a su padre de lo que era capaz, así que vendió parte de las acciones que había heredado de su abuelo para financiar el proyecto. Al día siguiente de haber depositado el dinero, el teléfono del amigo fue dado de baja.

Así fue como Soohyuk tuvo que empezar a trabajar con su padre. Su hermana menor ya era parte de la empresa hacía cinco años y el próximo la ascenderían a directora. El trabajo era aburrido. No era que tuviera mucho que hacer o que fuera difícil (todo el mundo se desesperaba por realizar sus tareas), pero se sentía atrapado dentro de un diminuto reloj de arena, en el que los granos parecían inmóviles. Le costaba conciliar el sueño. El pecho le palpitaba sin motivo y sentía calores súbitos en el rostro. Poco a poco, los síntomas se agravaron. Aun así, no quería ir a un psiquiatra ni a un psicólogo. Eso le heriría el orgullo. Por eso los fines de semana solía ir a algún lugar sin mucha gente, a algún lago o playa lejana, para quedarse durante horas perdido en sus pensamientos antes de regresar a su casa.

Así intentó resistir el paso de los días, hasta que llegó el golpe definitivo: la muerte de su madre. Había sobrevivido a un cáncer de laringe que habían encontrado en un estadio temprano. Logró curarse por completo, pero en una tomografía de seguimiento le detectaron un tumor en el pulmón que ya había superado la fase tres. Si bien no mostró ningún síntoma diferente de lo habitual, falleció a los tres meses del diagnóstico. El caso de su abuela fue muy distinto: murió después de ocho años de sufrir alzhéimer. Soohyuk no estaba preparado para la muerte de su madre ni pudo despedirse con tiempo.

No podía recuperarse. No entendía qué había pasado. No comprendía por qué la vida lo había llevado a un callejón sin salida ni por qué la paz y la felicidad le habían dado la espalda. Ya no le quedaban fuerzas para pensar dónde se había torcido todo.

En algún momento, comenzó a pensar en la muerte. No era de los que por las noches llamaba borracho a un amigo para gritarle «¡Voy a matarme!». Fue algo gradual. Le resultaba difícil encontrarle un sentido a la vida. El peso de vivir lo agobiaba cada vez más y creía que, cuando ya no pudiera soportarlo, dejaría este mundo.

El segundo viernes de octubre, no fue a trabajar. Sentía que nadie lo entendía, ni siquiera él se entendía a sí mismo. El rostro frío que veía en el espejo le era desconocido. A las seis de la mañana salió con su coche. El ruido del motor y el tamaño del vehículo le daban consuelo. Quizá porque le recordaban al sedán negro de su abuelo.

Antes del amanecer, todo se veía azulado y el mundo dormía en silencio. No tenía un destino claro. La semana pasada había ido al mar, así que hoy sería alguna montaña. Pensaba que, si en el viaje se tranquilizaba, podría volver a trabajar.

Entonces se acordó de una imagen que había visto en el Instagram de un amigo hacía unos días. Era de un museo que exhibía obras y objetos inspirados en Nueva York. La ciudad de sus veinte le vino a la mente. Soohyuk buscó la publicación en la aplicación y marcó en su GPS la dirección del lugar, que quedaba a 147 kilómetros de Seúl.

Durante todo el camino hacia el museo pensó en el calor de las calles de Nueva York en verano. Recordó a Silvia sonriendo, con sus pantalones cortos y un helado de menta con chocolate en la mano, mientras caminaban por las calles de Chelsea. También recordó cómo discutía de filosofía barata con Hyungkook en una galería en el Soho. Hyungkook siempre andaba preocupado por algo. Para él, el mundo era una película que pasaba frente a sus ojos. Soohyuk sonrió y entonces se dio cuenta de que era la primera vez que sonreía en seis meses, desde la muerte de su madre.

El museo abría a las doce y él llegó poco después de las ocho de la mañana. Estacionó cerca y se bajó del coche. El sonido del bambú que cubría la parte trasera del edificio le recordó al sonido de las olas. Dos gatos callejeros aparecieron sin hacer ruido, dieron un par de vueltas y luego desaparecieron de su vista. El tiempo pasaba con tal lentitud que parecía detenerse. Una brisa suave le rozó el cabello y el silencio lo abrazó con gusto.

Todo era tranquilidad entre los bambúes. No había nadie allí, y el frescor otoñal junto a la calidez del sol creaban una extraña sensación. Daba la impresión de que todo se había congelado. Soohyuk se sintió feliz y triste al mismo tiempo. Se preguntó si el mundo siempre habría tenido esa belleza y esa luz vibrante. Su tristeza era nostálgica. Los otoños que había compartido con su madre ya eran parte del pasado.

Sintió ganas de llorar. Un hormigueo le recorrió la nuca. En este lugar alejado de Seúl, sin nadie que lo viese, podría permitirse derramar lágrimas hasta que la tristeza que le aplastaba el pecho se ablandara un poco.

Volvió a subirse al coche, se puso unas gafas de sol y sintonizó una canción que solía escuchar en Nueva York. Creyó que iba a romper en llanto, pero el sonido del motor lo tranquilizó. Le dieron muchísimas ganas de tomarse un café caliente.

Siwoo le pidió a Hyungjun que terminara de preparar el desayuno y se dirigió a la parte trasera del museo para alimentar a los gatos. Como aún era muy temprano, asumió que no habría nadie, pero vio en el aparcamiento a un hombre merodeando por el lugar.

Lo primero que le llamó la atención fue el reloj, que desentonaba con su camiseta y su pantalón de algodón. Brillaba mucho, tenía dos círculos que giraban como engranajes y el borde estaba rodeado de pequeñas piedras preciosas. El rostro un poco bronceado y la piel tersa hacían que fuera difícil adivinar su edad. Medía alrededor de 1,80 metros y su fisonomía sugería que hacía ejercicio.

Cuando cruzó la mirada con Siwoo, el hombre se sintió incómodo. A pesar de que las gafas oscuras le cubrían los ojos, se lo notaba desorientado como un estudiante de secundaria corpulento entrando a un aula equivocada. Era extraño ver a un hombre con gafas de sol enormes y un reloj rimbombante parado frente al museo entre los bambúes temprano por la mañana, apenas una hora después del amanecer.

—Disculpe… ¿Sabrá dónde se puede comer por aquí? —preguntó el hombre quitándose las gafas, manteniendo una distancia prudente con Siwoo.

—No creo que haya nada abierto ahora. Abren justo después de las once.

¿Será un coleccionista de arte?, pensó. De repente, apareció uno de los gatos, el anaranjado con manchas, y comenzó a ronronear para pedirle comida. El aroma del alimento para mascotas era muy tentador y el otro gato los miraba desde lejos en silencio.

—Ah… gracias.

El hombre se dio vuelta, pero se detuvo al escuchar la propuesta de Siwoo.

—¿Querría comer en la pensión? Yo trabajo allí. No sería problema poner un plato más. Es comida casera.

Soohyuk lo vio sonreír con amabilidad. Aunque siempre había pensado que no se podía confiar en nadie, este joven que alimentaba gatos no parecía un asesino en serie ni un estafador. La palabra «casera» lo movilizó y derritió algo en su interior. Pudo sentir el aroma del arroz recién hecho, de la carne marinada en soja, de los *rolls* de huevo y la sopa de *doenjang* que percibía cuando abría la puerta de su hogar. La imagen de su madre cocinando había quedado grabada en su mente. Esos recuerdos le dieron un hambre insoportable.

El área del personal de «La cocina...» se encontraba en el primer piso de la cafetería. La comida superó las expectativas de Soohyuk: la sopa de *doenjang* con almejas y mejillones tenía un toque picante que le quedaba de maravilla. Sirvieron col en una pasta *ssamjang* con ese sabor particular que solo se puede saborear en el campo. La caballa a la parrilla, dorada a la perfección, se sirvió con *rolls* de huevo con zanahoria picada, brócoli, *kimchi* de nabo y rábano.

Ni la dueña del lugar ni el empleado le hicieron preguntas. Ni siquiera le preguntaron el nombre. Soohyuk, un poco avergonzado, se presentó primero y se sentó frente a ellos. Ninguno se sentía incómodo ante él.

Detrás de ellos, un ventanal mostraba un paisaje montañoso. La escena otoñal parecía una pintura. Era un día soleado y cuando soplaba el viento se veían las hojas de los árboles que caían en cámara lenta. Los tonos rojizos de las montañas combinaban muy bien con los muebles de madera blanca.

Comió dos cuencos de arroz y se terminó todas las guarniciones. Sintió que había comido el doble de lo habitual.

Yujin se dirigió a la planta baja porque tenía que revisar los libros que habían llegado ese día y preparar el programa de la tarde. Siwoo, con su sonrisa característica, le dijo que fuera a tomar un café.

—Eh... yo lavo los platos.

—No hace falta. Los lavaré más tarde.

—Pero... me sentiré mejor si hago eso al menos.

—Bueno. Adelante.

Soohyuk puso la canción *Lost Stars* de la película *Begin Again* y comenzó. Mientras tarareaba la melodía, los limpiaba y apilaba. Lavar los platos era uno de sus pasatiempos. Disfrutaba el proceso de sumergir en agua caliente los platos con restos de *kimchi*, los cuencos pegajosos con granos de arroz y los tazones de sopa. Luego los enjuagaba y los dejaba secar a temperatura ambiente. Así también limpiaba las manchas y ordenaba el desastre de su mente. Era la misma sensación de alivio que sentía después de dar una larga caminata. Mientras lavaba, no pensaba en nada.

Cuando terminó, se sentó en el sofá que estaba al lado del ventanal. Siguió sin pensar en nada mientras miraba el paisaje y la aplicación de música le recomendaba canciones automáticamente. Vio pasar un avión que dejó una estela blanca en el cielo otoñal antes de desaparecer.

El viento soplaba con fuerza por la ventana abierta. Las ramas de los árboles se sacudían y las hojas bailaban en el aire. Era el mismo viento que había acariciado su rostro empapado de sudor después de las clases de gimnasia en la escuela. No era sofocante, sino seco, se parecía un poco al del invierno. Esta brisa anunciaba la llegada del otoño. Las estaciones cambiaban una vez más. A pesar de que se sentía al borde de un precipicio, el tiempo seguía avanzando. Aunque se ahogara en un pantano de emociones sin que nadie se enterara, aunque viviese en un mundo cruel donde no podía ver más a su madre, el otoño deslumbraba con su presencia.

Apenas entró a la cafetería literaria, le llamó la atención la altura del techo y cómo se mezclaba el aroma del café con el de los libros. Siwoo estaba organizando unas cajas y, detrás de él, se veían muchas más. Los otros empleados revisaban los títulos nuevos, controlaban el inventario y ordenaban los cuadernos y las bolsas ecológicas. También notó el ventanal ancho y no muy alto que enmarcaba el paisaje de Soyangri como un cuadro.

—Eh... Muchas gracias por el desayuno. No recuerdo la última vez que comí tan bien.

Yujin notó que Soohyuk estaba más calmado y le devolvió una sonrisa.

—El empleado que se encarga del desayuno es todo un chef. Por su culpa no podemos hacer dieta, ja, ja. ¡Me alegra que te haya gustado nuestro desayuno rural! Te prepararé un café. Mientras tanto, puedes ver los libros.

—Gracias —respondió con timidez.

Las estanterías no estaban repletas. Sin embargo, a Soohyuk le dio la sensación de que habían elegido los libros con sumo cuidado y de que estaban muy bien organizados por temas. En la estantería central había un cartel que decía: «Historias sanadoras para octubre», junto a varias novelas. A la izquierda había libros de ensayos y poesía, y a la derecha, cuentos con portadas de colores cálidos. Frente a la estantería central, había una pequeña pizarra verde en la que se podía leer una cita de *Ana la de Tejas Verdes*:

Señora, estoy tan feliz de que exista octubre. ¿No sería horrible si pasáramos directamente de septiembre a noviembre? Mire estas ramas de hojas de arce. ¿No le late el corazón más rápido? Voy a decorar mi habitación con estas ramas.

Soohyuk pensó en su hermana, a quien le fascinaba *Ana la de Tejas Verdes*. Ella era dos años menor que él y era una persona optimista que sabía expresar con sinceridad sus sentimientos. Tenía los DVD de la serie animada exhibidos en su habitación como un tesoro y todos los días los limpiaba para que no tuviesen ni una mota de polvo. Cuando iba a la escuela primaria, siempre estaba a nada de llegar tarde porque se quedaba viendo el programa. Su madre solía enfadarse por eso.

Se le vino a la mente la canción de la presentación. La melodía fue la llave que abrió las puertas de su memoria y de pronto recordó una tarde de fin de semana. Su hermana, muy solemne, veía las aventuras de Ana junto a su madre, que estaba sentada en el sofá bebiendo café. Las dos abrían los ojos llenos de asombro y se reían a carcajadas.

Él se había cruzado con su hermana hacía unos días en la compañía. No había cambiado mucho, pero notó que estaba más delgada y que el brillo de sus ojos había desaparecido. ¿Debería haberla invitado a beber una copa de vino y charlar? Desde la muerte de su madre, Soohyuk no se había puesto en contacto con ella.

Observó el ejemplar de *Ana la de Tejas Verdes*. Por primera vez pensó que su hermana también estaría desconsolada, sola y triste. ¿Qué le hubiera dicho Ana? Se puso a hojear el libro cuando una frase le llamó la atención:

Cuando me gradué en Queens, mi futuro se extendía ante mí en línea recta. Pensé que si seguía ese camino habría señales que me guiarían. Ahora he llegado a una esquina. No sé qué habrá cuando la doble, pero quiero creer que lo mejor me espera allí. Las esquinas tienen su encanto. Señora, me da curiosidad saber qué hay a la vuelta de la esquina. ¿Me encontraré con una gloria verde, con luces y sombras, un nuevo paisaje o con alguna belleza desconocida? ¿Qué encontraré en esos caminos sinuosos entre los montes y los valles?

Soohyuk comenzó a husmear otros títulos sin soltar el libro. Hacía mucho que no visitaba una librería. Al lado de

Ana la de Tejas Verdes había una selección para leer después de haberlo terminado, junto a una nota escrita a mano:

¿Qué tal un paseo por fragmentos ligeros y divertidos? #MuyGraciosos #TeAlegranElDía #RisasYCarcajadas #EnsayosQueCuran #EscritoresCoreanos #ParaLiberar-LaMente

- Kim Honbi, *Opiniones amables*.
- Kim Hana, *El arte de soltar*.
- Yoon Gaeun, *Jo, jo, jo*.
- Choi Minseok, *El sabor de la rosca trenzada*.
- Choi Minseok, *La elegancia de la rosca trenzada*.
- Chang Kiha, *¿Eso importa?*

La nota decía que, si comprabas tres títulos, el envoltorio para regalo era gratuito. Siguió mirando un poco más y eligió *Jo, jo, jo* de Yoon Gaeun. La ilustración de la portada era una mujer relajada que leía un cómic. Le recordó a su hermana. También le gustó el subtítulo: «Sobre las cosas que me hicieron reír». Luego eligió *El sabor de la rosca trenzada* de Choi Minseok. El índice le había hecho gracia. Había tres unidades de *Ana la de Tejas Verdes*. Se acercó a la caja y le dijo a Yujin:

—¡Qué bonita librería! ¿Me podría envolver estos?

—Claro. ¿Son para regalo?

—Sí, para mi hermana. A ella le gusta mucho *Ana de las Tejas Verdes*.

—Es muy difícil no enamorarse de la protagonista. Ja, ja, ja.

Soohyuk le entregó los libros y ella comenzó a envolverlos enseguida. Mientras observaba las manos de Yujin, continuó hablando:

—Y la cuenta del desayuno...

—No se preocupe. Siempre preparamos el desayuno para los huéspedes y para nosotros. Solo era agregar un plato. Además, usted lavó todo. Nosotros le estamos agradecidos. Ja, ja.

Yujin se acordó del café y le ofreció un americano para llevar. Un delicioso aroma se esparció por la habitación.

—Bébalo mientras envuelvo los libros. Olvidé que lo tenía listo. Últimamente, estoy olvidadiza.

Soohyuk le sonrió y tomó con ambas manos la taza caliente.

—Era justo lo que necesitaba. Muchas gracias.

Cuando Yujin terminó, sacó una postal de un cajón.

—Regalar solo libros puede ser un poco simple. ¿No querría escribirle algo?

En la postal había una ilustración de un hombre con una camiseta que decía: «Would you like to go on a picnic with me?». Soohyuk no pudo evitar reírse.

—Mi hermana pensará que he enloquecido.

Yujin le entregó la postal mientras él seguía riéndose.

—Así que vino desde Seúl para visitar el museo. ¿Irá ahora? ¿Podría pedirle un favor?

Soohyuk estiró los brazos y asintió con una sonrisa. Su rostro irradiaba esa aura que tienen las personas que han recibido mucho amor en la infancia. La tensión del desayuno había desaparecido. Yujin le alcanzó una caja con unos seis o siete libros dentro.

—¿Podría llevarle esto al curador Kim Woojin del museo Suhwajin? Esta mañana llegaron algunos ejemplares y folletos. Iba a llevárselos, pero ya que usted se dirige hacia allí…

—No hay problema.

Soohyuk agarró la caja que tenía escrito con letras prolijas y ordenadas: «Para: Kim Woojin». Era una caligrafía pulcra como toda la organización en «La cocina...». Soohyuk titubeó un momento antes de hablar:

—Yo... Vi en su Instagram que hoy tienen una actividad para recolectar caquis y castañas. Si necesitan ayuda, ¿podría sumarme? No me han cobrado el desayuno y me gustaría echarles una mano.

Yujin se sorprendió con la propuesta. Después de mirarlo de arriba abajo con una mirada pícara, sonrió.

—¿Alguna vez ha hecho algo así? Mire la ropa que tiene, la arruinará...

Soohyuk se percató de su vestimenta: una camiseta y unos pantalones de algodón beige. Así iba a trabajar. La camisa era informal pero prolija y los pantalones no tenían ni una arruga. No era ropa adecuada para sacudir castañas de los árboles. Ambos se rieron.

El museo de Suhwajin era más pequeño de lo que esperaba, pero mucho más innovador. La estructura arquitectónica del edificio también era bastante original; no había espacios cuadrados ni uniformes. Aunque no era un lugar amplio, su diseño laberíntico invitaba a perderse y disfrutar.

El tema de la exposición vigente era Nueva York. Se podía ver con claridad la visión del coleccionista sobre esa ciudad: un lugar libre, pero solitario. Una urbe donde hasta los mendigos sueñan, pero la realidad es extremadamente dura. Una metrópoli a la que cualquiera puede acceder, pero la mayoría se retira derrotada o solo sobrevive. Así era la Nueva York del coleccionista. Había fotografías en blanco y negro de las calles en los años cincuenta, en las que se veía el vapor saliendo por las alcantarillas, sillas hexagonales de colores primarios hechas con materiales duros, un cuadro panorámico pintado desde la terraza del tercer piso del MET y una foto de una niña con una camiseta de «I love New York», junto a varias obras del MoMA.

Se encontró con el curador Kim, que iba vestido con una camiseta holgada y unos vaqueros gastados. Reconoció de inmediato a Soohyuk y le sonrió. Era una sonrisa que combinaba con el ambiente distintivo y moderno del museo.

—Me avisó Siwoo. ¿Llegó aquí antes de las nueve?

—Sí, es que… entre una cosa y la otra… Aquí tiene sus libros.

Había unos siete libros en la caja y unas hojas que parecían folletos. El curador sacó uno y revisó la calidad de la impresión, el diseño y que no hubiera errores tipográficos.

—Gracias. Tenía pensado ir a buscarlos hoy.

Tenía un aspecto pulcro, como el de un recepcionista de hotel. Le dio las gracias con voz relajada. Soohyuk hizo una pequeña reverencia y se dio la vuelta.

Era la una de la tarde de un viernes. Soohyuk no podía creer que, en vez de estar en la oficina, estaba en un museo en medio de la montaña, donde el sonido de los bambúes parecía el de las olas del mar. Habría entrado a un mundo donde el concepto del tiempo, como las estaciones, los días y las horas, había desaparecido. Durante ese año, pudo haberse tomado unos días y viajar a las montañas o al mar, pero nunca se le había ocurrido. Se había enfocado tanto en sobrevivir que no pensó en nada más.

Estaba a punto de regresar a la librería, pero se detuvo. Volvió con el curador, que seguía revisando lo que le había traído.

—¿Me podría decir dónde comprar postres por aquí?

El aroma dulce de las treinta cajas pequeñas llenas de gofres inundaba «La cocina de los libros de Soyangri». Los gofres tenían el grosor de un filete ancho y estaban bañados en sirope de arce y adornados con polvo de canela y nata montada. Un niño de unos cinco o seis años entró a la cafetería con la madre y corrió hacia la caja de gofres. Yujin comenzó a reírse a carcajadas.

—¿Qué es todo esto?

—El pago del desayuno.

Aunque le respondió con un chiste, la realidad es que estaba sorprendido de sí mismo. Durante los últimos meses había vivido ocultando sus sentimientos, diciendo solo lo necesario, pero aquí sentía que ese tiempo gris volvía a colorearse. Tal vez fuera su yo de los veinte cuando vivía en Nueva York sin preocupaciones, libre y con el corazón palpitando sin razón.

Sabía que pronto tendría que regresar a la realidad, pero decidió que en ese momento, en ese viaje, podía comportarse como alguien diferente.

—Podríamos compartir lo que he traído con los participantes que vengan a recolectar caquis y castañas. También he traído algunos para mí, así tendré el tanque lleno cuando arranquemos.

—Estos son mis favoritos. ¿Hay de vainilla también? —preguntó Yujin mientras abría una de las cajas.

En ese momento apareció Siwoo.

—¡Guau! ¡Qué bien huele! —gritó, agarrando tres cajas y guardándolas debajo del mostrador. Luego le entregó a Soohyuk una camiseta negra arrugada y unos pantalones *monpe* multicolores de esos que usan las ancianas.

—Hermano, esta es la ropa de trabajo.

Soohyuk aceptó las prendas, riéndose para sí mismo. Se sentía como un actor a punto de subirse al escenario. Un colorido pantalón *monpe*... Sus compañeros de trabajo se horrorizarían al ver una camiseta así de arrugada. Pero, sobre todo, lo que más le sorprendió fue que hacía mucho tiempo que nadie lo llamaba con el vocativo «hermano». Una sensación de alivio le recorrió el cuerpo como una brisa otoñal.

Recolectar castañas era más difícil de lo que había imaginado. Sacudir el árbol era solo el comienzo. Debía pisar los erizos espinosos y sacar de su interior los frutos en buen estado; en ese proceso, era inevitable pincharse. Parte del trabajo era cuidar a los niños, que corrían emocionados a pisar las castañas y a veces se caían y se lastimaban. Además, la ladera empinada era zona de serpientes y había que tener mucho cuidado.

La verdad es que la actividad no era nada romántica ni relajante. Soohyuk estuvo de pie desde las dos hasta las seis de la tarde sin descansar. Cuando terminaron, tuvo que controlar que ningún participante se hubiera quedado en la montaña y fue el último en bajar. En ese momento, se dio cuenta de que no había estado pendiente de su teléfono en cuatro horas. Si bien no había sonado, tampoco había pensado en ello.

El atardecer de la montaña era majestuoso. El cielo sin nubes se despedía en silencio para dar lugar al crepúsculo. Las ramas del ciruelo se movían con el viento y saludaban. Debajo del tejado de «La cocina...» colgaban los caquis que habían cosechado durante la jornada.

Siwoo estaba sentado plácidamente ante una de las mesas de la cafetería. Una familia que se hospedaba en la estancia literaria había traído niños, y se hizo amigo de ellos. Estaban haciendo coches de papel con ayuda de un tutorial de YouTube. Las personas que elegían libros los observaban con el mismo detenimiento con el que se observa una pintura. Desde el jardín, «La cocina...» parecía un pueblo pacífico en un mundo de fantasía.

—Te quedaban bien los pantalones *monpe*. Pareces un lugareño —le dijo Yujin, acercándose a él.

Soohyuk estaba observando a las personas desde fuera y sonrió avergonzado. Ella le devolvió la sonrisa. Ambos se quedaron en silencio mirando hacia la cafetería.

—Gracias por lo de hoy. La verdad es que no éramos suficientes, pensábamos que de algún modo todo saldría bien. —Yujin esperó a que Soohyuk dijera algo, pero no dijo nada, así que continuó—: Te he separado caquis y castañas. Para que te los lleves a Seúl y...

—Querría... quedarme durante el fin de semana. ¿Tienen alguna habitación disponible? —la interrumpió.

Una vez más se sorprendió por su imprevisibilidad. Tenía una obsesión con la higiene, por eso jamás salía de viaje sin espuma de afeitar, limpiador facial, tónico y crema hidratante. No solo no había traído sus productos de cuidado personal, ni siquiera había traído ropa interior. Su yo racional protestaba a gritos dentro de su cabeza, pero las palabras se escapaban de su boca como un torrente.

—Si no tienen nada disponible, puedo dormir en el sillón o en cualquier lugar.

En cuanto lo dijo se mordió los labios como alguien que bebe una medicina amarga. Aun con la mirada fija en la cafetería, veía el atardecer teñir de rojo las montañas. Era tan bonito que dolía.

—Bueno...

Yujin observaba el perfil de Soohyuk. Pudo percibir que había algo más en ese pedido. Había algo más profundo en esa mirada desesperada. Se notaba que estaba pasando por un momento difícil, que se tambaleaba en la cuerda floja. Parecía un pájaro agotado que, a pesar de haber volado toda la noche, no había encontrado refugio. Todos necesitamos una cueva donde escondernos de la mirada del mundo, aunque solo sea por un tiempo. Intentó responderle con un tono despreocupado:

—Todas las habitaciones están ocupadas. Pero el sofá de la sala de huéspedes es muy cómodo. Si no te molesta… allí no hay cortina. El sol te despertará por la mañana.

Soohyuk esbozó una pequeña sonrisa y lanzó un largo suspiro. Esa fue su forma de darle las gracias. A pesar de que había algunas nubes oscuras en el cielo, el aire era tan fresco y limpio que no parecía sombrío. El frío del otoño comenzaba a cubrir la tierra.

—Hermano, ¿el sofá del segundo piso? ¡Duerme en mi habitación!

A Siwoo le gustó mucho la idea de tener a Soohyuk de compañero de cuarto durante unos días.

Durante la cena, Yujin y Siwoo estuvieron contando anécdotas de su infancia entre risas: cuando Siwoo de bebé bailó bajo la lluvia en un callejón; cuando Yujin de adolescente en quinto curso escribió cursilerías después de que la rechazara el chico que le gustaba; un verano en Haeundae cuando jugaban con las olas y hacían que sus amigos tragaran agua salada; el día en el que se anunciaron los resultados del examen de ingreso a las universidades y parecía el fin del mundo. Eran jóvenes y hacían todo mal, pero ahora recordaban con nostalgia y cariño esos momentos de la vida donde todo era bastante accidentado. Soohyuk no dijo nada, pero a ellos no les importó. Contaban con eso y, además, no era lo fundamental.

Después de cenar hasta quedar completamente satisfechos, los tres subieron a la terraza y movieron las sillas y el parasol que relucían en un rincón. En una mesa redonda de madera colocaron un fogón portátil y comenzaron a asar castañas. Nunca pensaron que iban a usar esa fogón. No tenían ninguna necesidad. Abrieron algunas botellas de vino y Yujin lo mezcló con café. Siwoo siempre había sido un amante de la cerveza y ya había bebido dos latas.

En el cielo se veía la luna creciente. La luminosa tarde del sábado se estaba bajando del escenario y ya iba asomando una noche cargada de emociones. El viento soplaba como un gato que se pasea despreocupado.

—¿Alguna vez has pensado algo así mientras conduces…? —Soohyuk empezó a hablar solo.

Yujin estaba jugando con unas castañas tibias y levantó la mirada. Siwoo dormía en su asiento.

—Imagina que conduces por una carretera costera con vistas a un mar color esmeralda. El cielo despejado, sin una sola nube. La canción *Viva la vida* de Coldplay de fondo. Cualquier melodía que te haga latir el corazón serviría. Vas por la carretera al ritmo de la música. Una gaviota blanca vuela a lo lejos. Sigues conduciendo hasta que llegas a una curva y, de repente, aparece un enorme camión a toda velocidad. Y, ¡pum!, todo se oscurece.

La olla sobre el fogón emitía un ronroneo intermitente. Ya había anochecido en la terraza y la temperatura había descendido. Soohyuk no esperaba una respuesta de Yujin. Y ella sabía que él no había terminado.

—Un amigo estaba conduciendo de madrugada cuando tuvo un ataque de pánico. Chocó contra la barrera de seguridad. No fue nada grave, solo se fracturó el brazo y las costillas… No quiso recibir a nadie. Una noche, después de ir al hospital donde estaba, lo imaginé conduciendo por la carretera costera. No sé por qué, pero cuando pienso en él se me viene a la mente esa carretera.

Yujin entendió que la historia del amigo era la historia de Soohyuk. No era que no le creyera. Simplemente lo sabía al contemplar sus ojos. En su mirada se reflejaba la escena como en un sueño.

Yujin bebió lo que le quedaba del vino espumoso. Los insectos otoñales emitían unos sonidos constantes que parecían palpitaciones.

—Para esos momentos, algo de Douglas Kennedy es ideal.

De repente, la noche quedó en silencio. Los insectos, ya cansados, sonaban a lo lejos. Soohyuk veía más allá de las montañas. Giró lentamente su cabeza hacia Yujin.

—¿Quién es Douglas Kennedy?

—Un novelista, por supuesto. ¿No te dije que era un escritor?

Soohyuk soltó una pequeña risa. El ambiente era tranquilo como un lago y esa risita fue una pequeña onda que pronto se desvaneció. Siwoo había asegurado que cinco latas de cerveza no le hacían nada y ahí estaba, dormido como una piedra. Yujin lo cubrió con una manta y regresó a la silla.

—Las novelas de Douglas Kennedy tienen siempre el mismo patrón: el protagonista es una persona exitosa, pero siente un vacío en su interior. Por culpa de algún pequeño episodio, decide abandonar todo y marcharse sin rumbo. Se muda a un pequeño pueblo, cambia su nombre, apariencia, trabajo, y empieza a vivir como una persona diferente.

Hizo una pausa y miró a Soohyuk para asegurarse de que le estuviera prestando atención. Él permanecía inmóvil, pero la escuchaba.

—Suena bastante atractivo pensar en una segunda vida, partir a un lugar donde nadie me conoce y ocultar mi verdadera identidad —continuó, esbozando una leve sonrisa.

Soohyuk no respondió. El viento seguía soplando y se asemejaba a un largo suspiro.

—Cuando me siento deprimida o enfadada, elijo cualquier libro que me absorba por completo. Una novela policíaca o fantástica. Cuando me sumerjo en el universo de la novela, puedo olvidar los dolores del mundo real; es como si me tomara un analgésico. Pero no es solo eso. Cuando me meto en esa atmósfera, a veces siento que los personajes me dicen: «¿Verdad que pasan muchas cosas absurdas en la vida? ¿A que no esperabas que fuera tan difícil?».

Soohyuk la miraba con el resplandor de una flor solitaria que sabe que su presencia es efímera. Finalmente, después de un largo silencio, respondió:

—Es la primera vez que escucho que un libro puede ser un analgésico.

Y esbozó una sonrisa. El rostro apagado de Soohyuk se entremezcló con la imagen de un niño risueño y lleno de energía. La persona cálida y alegre que alguna vez había sido se revelaba en esa sonrisa.

—Cuando estoy deprimido o enfadado, siempre escucho la misma canción —murmuró, con un brillo especial en los ojos—. *Waltz for Debby*. Es una canción de *jazz* que le gustaba a mi madre. Cuando hacía una tarta de manzana, solía poner el vinilo de Bill Evans. Desde que empezaba a amasar hasta que la metía en el horno, sonaba una y otra vez.

Mientras se acordaba de la melodía, el viento trajo el aroma de la tarta de manzana. De repente, apareció en su mente la imagen de su madre tarareando frente al horno, iluminada por una luna inmensa que entraba por la ventana. Quiso decir algo más, pero no le salían las palabras. Por algún motivo extraño, Yujin se sintió aliviada. Entendió que Soohyuk por fin estaba comenzando a alejarse de la oscuridad y podía ver una luz en el cielo nocturno.

—Me gustaría escucharla.

Yujin buscó la canción en una aplicación de música. *Waltz for Debby* sonaba desde el móvil y se mezclaba con el piar de los pájaros noctámbulos a la distancia. La luna se perdía entre las nubes y las estrellas titilaban de vez en cuando.

La luz del sol lo despertó. Por un momento, dudó de si seguía soñando o si había despertado. No solo era un lugar diferente al que estaba acostumbrado, sino que el silencio le resultaba extraño. Agarró su móvil y por costumbre miró la hora. Eran las once y doce minutos. Hacía mucho que no dormía hasta tan tarde.

Observó la habitación de Siwoo. Le llamó la atención el póster de la cantante Diane Foster y una hilera de fotografías colgadas de la pared igual que la ropa tendida en una cuerda. La mayoría eran imágenes de «La cocina de los libros de Soyangri». En el suelo había ropa deportiva, varios pares de calcetines y algunas cajas de cartón. Como era de esperar, Siwoo ya no estaba. Recordó que le había dicho que debía levantarse a las seis de la mañana para preparar el desayuno de los huéspedes. Sin moverse de la cama pensó: *Vivir así no estaría mal.*

Tenía la mente tan despejada como un parque al amanecer.

Soohyuk olvidó afeitarse y bajó a ver qué estaban haciendo en la cafetería. El primer taller de escritura del día estaba terminando y Yujin trabajaba con el ordenador. Al verlo, lo saludó con la mano y señaló a Siwoo, que estaba en el mostrador de fuera.

—¡Hermano! ¿Cómo has dormido? Te dejé algo del desayuno de los huéspedes. Ahora te lo llevo al jardín —le dijo mientras ordenaba las estanterías.

Eran personas que conocía hacía menos de cuarenta y ocho horas, pero le resultaban más familiares que sus compañeros de oficina con los que trabajaba hacía más de un año. Siwoo le trajo una manzana, un *croissant* y un yogur con frutos secos y frutillas. Aunque el sol otoñal era intenso, las ramas del ciruelo daban buena sombra y mantenían la frescura. La brisa llevaba el aroma del café de la pequeña cafetería. Sin darse cuenta, Soohyuk miró hacia la montaña donde habían recolectado castañas el día anterior. El niño que había participado en la actividad ya no estaba. Yujin se acercó con una cafetera *dripper*.

—Señor castaña, parece que tenía mucho sueño. Pensé que se levantaría a las diez.

Esas bromas parecían muy naturales. Soohyuk le siguió el juego.

—Junto el desayuno con el almuerzo. Así ahorro un poco.

Yujin se rio mientras servía el café. El aroma del americano se mezclaba con el de la hierba. Las nubes de la noche se habían disipado y ya no había ni una sola en el cielo despejado.

—¿Hay alguna carretera bonita para conducir por aquí? —le preguntó Soohyuk después de un sorbo.

Yujin pensó por un momento y respondió sin titubear:

—Más abajo está el camino de las metasecuoyas. Tienes que girar en la intersección, a un kilómetro de aquí. Se puso de moda hace poco. Era un camino lleno de curvas que solo usaban los lugareños, pero hace siete años construyeron una carretera recta en las cercanías y esa se dejó de usar. El año pasado se hizo famoso porque grabaron un anuncio de automóviles y escenas de varios dramas. El camino es pintoresco, aunque marea un poco.

Yujin se guardó para sí misma un último comentario mientras lo miraba usar su móvil: *No es una carretera costera para andar a doscientos kilómetros por hora. No aparecerá de la nada un camión enorme. Si no buscas nada de eso, es un hermoso camino para conducir.*

Como si le hubiese leído la mente, dejó el teléfono y le sonrió.

Aunque no estaba conduciendo por una autopista a toda velocidad, disfrutaba del camino. Era una carretera ondulante con pequeñas colinas, una seguida de otra. Sentía que estaba en una montaña rusa para niños. Al subir, las metasecuoyas se alzaban silenciosas y dejaban caer sus hojas. Al bajar, sentía cómo su cuerpo se iba relajando.

Recordó un sábado que había ido a la casa de su abuelo en Yeonhuidong. Después de almorzar, salió con su madre al mercado. Las calles del barrio eran serpenteantes e iban en pendiente. Sin embargo, el camino al mercado era cuesta abajo. También era otoño ese día. El sol le encandilaba los ojos y el cielo despejado le parecía monótono. Al correr hacia abajo, sus piernas se movían mucho más rápido. Sentía que el viento lo empujaba desde atrás y lo vitoreaba como si fuese un corredor. La madre corría detrás de él. Le gritaba que tuviera cuidado, pero seguramente ella también debía sentir que la bajada tiraba de sus piernas y el viento le daba impulso. Era una alegría similar a comer un helado bajo el sol otoñal.

Aparcó el coche al borde de la carretera y se quedó observando a una madre, un padre y un niño que corrían cuesta abajo.

Regresó al cabo de dos horas. Su rostro lucía mucho más relajado cuando entró a «La cocina…». Al ver cómo lo recibían Yujin y Siwoo, se dio cuenta de que había hecho nuevos amigos.

Durante mucho tiempo había vivido desconfiando de los demás. No podía confiar en nadie. En particular, los últimos cinco años parecieron una competición donde lo único que importaba era no dejarse engañar. Detrás de cada sonrisa, veía ojos calculadores.

Sin embargo, en la librería pudo relajarse. Allí le ofrecieron el desayuno sin esperar nada. Pudo conversar y reírse con ellos sin que supieran quién era. Incluso pudo hablar del *jazz* que tanto le gustaba a su madre.

Se sentó en un rincón de la cafetería y ojeó el libro que Yujin le había regalado: *Afeitarse por la noche*, de Haruki Murakami. En la portada Yujin había pegado un *post-it* que decía: «¡No estoy insinuando que debas afeitarte! ¡Ja, ja!».

No entendió la nota y se rascó la barbilla, confundido. Al tocarse el mentón, se dio cuenta de que hoy no se había afeitado y se rio solo. El sol se iba poniendo mientras él leía el ensayo.

El domingo al amanecer, Yujin, Soohyuk y Siwoo estaban sentados en un banco a la orilla del lago esperando a que saliera el sol y se disipara la niebla. Ninguno de los tres decía nada. Soohyuk se estaba despidiendo de la estancia literaria, de Yujin y de Siwoo a su manera. Los dos entendían el gesto y, de vez en cuando, asentían mirando al lago. Era una mañana de despedida en «La cocina de los libros de Soyangri», una despedida prudente a una distancia prudente.

Era hora de volver a la rutina. Su estancia en la librería había sido, sin duda, cálida y acogedora. Fue el sol que se asomó después de mucho tiempo, una respiración tranquila. Sin embargo, su vida no había cambiado demasiado. El tiempo en que había usado camisetas arrugadas y no se había afeitado estaba llegando a su fin.

En la autopista de regreso a Seúl, recordó la niebla del lago. Flotaba por su mente la imagen del lago resplandeciente bajo la luz del sol. El motor del coche rugía. Vio una camioneta SUV enorme activar el intermitente y cambiar de carril para adelantarle. El velocímetro marcaba más de 110 kilómetros por hora, y el navegador indicaba que llegaría a casa en 52 minutos. De vez en cuando, el sistema le advertía de la proximidad de un radar de velocidad haciendo parpadear la pantalla en rojo.

La autopista recta parecía la línea divisoria entre el momento de la rutina diaria y el tiempo de consuelo y descanso. Soohyuk se imaginó entrando en su casa vacía para almorzar. El frío silencioso llenaría el espacio donde todo estaría prolijamente ordenado. Sin embargo, tenía la certeza de que esta vez sería diferente y eso le arrancó una pequeña sonrisa.

La primera nevada, añoranzas y una historia

Yujin abrió la carpeta «La cocina de los libros de Soyangri_fotos» en su portátil. Al día siguiente tenía una reunión con el equipo y quería seleccionar las fotos para el calendario de escritorio.

Los rayos de sol primaverales entraban por el ventanal de la estancia literaria. No había ni una sola huella dactilar en el cristal limpio. Le llamaron la atención algunas fotos del cielo nocturno, que parecían de otro planeta. Entre las enredaderas verdes, asomaban orgullosas las rosas de mayo con tonos que iban desde un rosa pálido hasta un rojo carmesí. También había fotos de la gente que participó en los talleres que organizaron y una donde un miembro de la librería escribía recomendaciones de títulos. Luego aparecieron imágenes de un atardecer otoñal rojizo y majestuoso sobre las montañas, una pareja tomada de la mano mientras exploraba las estanterías, y la mesa del desayuno repleta de sopa de carne y rábano, *bulgogi* y *rolls* de huevo.

En las fotos, la temperatura, la humedad, los aromas, las canciones, las emociones y los pensamientos de esos momentos permanecían congelados. Yujin las miraba con melancolía por ser incapaces de envejecer; aunque todo cambiase, siempre se mantendrían iguales. No era una melancolía lúgubre ni oscura, sino nostálgica. Un tipo de nostalgia que le hacía entender que todo tenía un final, y eso la hacía mirar atrás con ternura.

Entre las fotos, también había archivos de vídeo. En uno se veía una noche veraniega en la que cientos de luciérnagas revoloteaban y alumbraban el jardín. Parecía un vídeo en cámara rápida del origen del universo. En otros, se apreciaban el fluir de la neblina de la madrugada sobre el valle, los participantes del club de lectura recitando fragmentos de libros y la señora Min con el delantal de la florería hablando con Hyungjun mientras regaba las macetas del jardín.

La sonrisa de Yujin se borró de repente. Vio a Soohyuk. En la escena, había dos niños alegres pisando los erizos de las castañas con sus botas. A su lado estaba él, riéndose con esos coloridos pantalones *monpe*. Cuando uno de los niños se tambaleó, lo sujetó con rapidez. Yujin recordó el tema de *jazz* que Soohyuk le había comentado. Desde que regresó a Seúl, no se había puesto en contacto con ellos. Aunque no habían intercambiado números, podría haberse comunicado a través de las redes sociales de la librería. En lugar de sentirse desilusionada, Yujin se preocupaba por él. Recordó su mirada inquietante y volvió a ver el vídeo una y otra vez.

Sintió que todo a su alrededor se había vuelto demasiado silencioso y levantó la vista. El mundo había contenido la respiración. Fuera la nieve caía como pétalos delicados. Era la primera nevada del año. Los copos volvían a elevarse hacia el cielo y danzaban en el aire para caer una vez más. En el suelo se formaba una capa tan fina que, al caminar por encima, quedaban pisadas negras bien definidas. Ya no se escuchaba el sonido estridente de los pájaros o de los insectos, sino una quietud absoluta.

Yujin abrió la ventana de par en par. La primera nevada estaba creando una manta que cubría al mundo para protegerlo. El susurro de la nieve le hacía recordar al de la escoba cuando barría.

En la cafetería sonaba una canción navideña de Eddie Higgins Trio. Era la misma que había escuchado con Sohee y con Hyungjun la noche de la tormenta veraniega. ¿*Cómo estarán todos...*?

Recordó los rostros de quienes habían visitado «La cocina...». A algunos los recordaba con claridad, a otros por la forma de sus labios al hablar, por las pelusas del suéter sobre los vaqueros, por la cabellera morena al viento o incluso por su risa.

Pensaba que a veces se podía hacer frente al paso del tiempo con la nostalgia. Cada tanto, uno se consuela con ese sentimiento delicado que se desprende de esa añoranza. Quizás ese sentimiento podría caer sobre otra persona, como caen los copos de nieve, y también le haría recordar. En el mundo real, cada uno está en su propio espacio, ocupándose de sus asuntos, pero en la nostalgia se podrían reencontrar. Quizás esos sentimientos se vayan acumulando para formar un río de historias...

Yujin miraba por la ventana sumida en sus pensamientos cuando vio algo que la hizo levantarse de golpe. Un rostro con una expresión de incomodidad notable estaba entrando en «La cocina...». Con las mejillas tensas, iba dejando huellas negras sobre la nieve blanca.

—No pensé que de verdad abrirías una librería.

El superior de su antiguo trabajo quiso sonar amigable, pero no le salió. Yujin trató de fingir una sonrisa, pero sus labios se torcieron de una manera extraña. En la mesa de enfrente, había cinco mujeres de unos cuarenta y tantos riéndose a carcajadas. Ese bullicio contrastaba con el silencio de su mesa y hacía que todo fuera más raro e incómodo.

—¿En serio...?

Por el tono de disgusto de Yujin, el hombre carraspeó y bebió un sorbo de té con leche. Luego examinó la cafetería. Sus ojos alargados y estrechos lo hacían parecer muy frío.

—No me respondías al teléfono.

—Es que… en ese momento no tenía mucho que decirte.

El hombre apoyó los hombros anchos en la silla de madera y suspiró. La silla crujió un poco.

—Te dije que nos viéramos después de liquidar la empresa… Te envié ese mensaje a través de Sanghyuk, pero después de eso ni siquiera contestabas…

Otra vez silencio. Un silencio sofocante. Yujin recordó aquella noche en la que sola, en la sala de reuniones, apagó la luz y contuvo las lágrimas. La oscuridad le decía: «Este es el final», y un silencio insoportable la aplastaba contra el suelo.

Ese día tuvieron una fuerte discusión por la propuesta de una empresa que quería comprar la suya. Después de tres años de muchísimo esfuerzo, por fin el servicio había arrancado. Estaban emocionados porque habían obtenido financiación para el capital de riesgo y, al menos por un año, no tendrían que preocuparse por el dinero. Yujin creía que era el momento indicado para desarrollar la empresa como ellos querían, por eso venderla le parecía inaceptable. Pero él era una persona realista. Sabía que muy pocas *startups* sobrevivían más de tres años y creía que una buena propuesta era mejor para la empresa y para sus carreras.

—Creo que es un buen momento para vender y empezar a planear otra *startup*. La oferta no es mala para nada. Si quieres, podemos entrar como directivos, y además nos ofrecen una buena cantidad de acciones.

—Pero si acabamos de recibir financiación, ¿qué sentido tiene venderla ahora y empezar de nuevo desde cero?

—Seamos realistas. ¿Crees que tendremos otra oferta similar? Ya es un milagro que hayamos aguantado tres años. Quizás empecemos a generar dinero de verdad dentro de diez años o tal vez nos fundamos dentro de tres. Por eso te pido…

—¿Qué? ¿Que vendamos la empresa ahora y ya?

La mirada de él se tornó fría, sus ojos eran dos cristales brillantes y afilados. Yujin no los esquivó y lo miró de frente.

—Pues vete. A buscar más capital de riesgo, a esa empresa o donde sea. Y diles que fuiste presidente de una *startup*, presume de ella, haz lo que quieras. Yo me quedaré aquí.

—Yujin…

—No lo puedo creer. ¿Me trajiste a la empresa solo para hacerla más atractiva? ¿Me usaste como un envoltorio encantador para impresionar? ¿Te sirvió que yo haya trabajado como consultora antes? —gritó, tensando el cuello.

—Espera, escucha lo que tengo que decir.

—¿Para qué? ¿Estás contento de que todo haya sucedido según tus planes? Sigue solo. Pon en funcionamiento ese plan tan meticuloso. Pero no me pidas que me convierta en alguien como tú.

La conversación se repetía sin fin, como la banda de Moebius. El tono iba subiendo cada vez más y ambos se hacían más daño. El primero en agotarse e irse fue él. Al final no vendieron la empresa, pero viéndolo en retrospectiva, el superior tenía razón. Había sido el análisis más exacto y racional. Él se fue a una firma de capital de riesgo y le fue muy bien, mientras que la *startup* de Yujin naufragó sin rumbo. Tuvo que ceder una patente, el único patrimonio de la compañía, a una tercera empresa y tras la fusión recibió algunas acciones. Con eso pudo cerrarla.

Él intentó ponerse en contacto a través de otros colegas, pero ella nunca respondió. Después de liquidar la empresa, casi no salió de su habitación en dos meses. Solo quería esconderse. Incluso llegó a pensar seriamente en mudarse a Alaska o a América Latina y nunca más estar pendiente de su móvil.

Siwoo notó que algo estaba pasando y se acercó despacio a la mesa. Dejó un par de galletas de chocolate y, después de saludar, se retiró al otro lado del mostrador. En la mesa de al lado, las mujeres seguían charlando contentas.

—Tú eres el verdadero adulto. Has venido a verme primero.

Yujin observó a su superior. Comparado con la última vez que lo había visto tres años atrás, había envejecido bastante. Aunque tenía alrededor de treinta y cinco años, ya se le veían canas y arrugas en las ojeras. Vestía un traje gris oscuro con cuadros y zapatos que le quedaban muy bien.

—La verdad… mientras venía, me preguntaba si no sería demasiado tarde. Cuando me enteré de que habías abierto una librería, pensé que era algo muy propio de ti. ¿Te acuerdas de cuando hablábamos sobre ideas para una *startup*? Siempre te interesó mucho el servicio de curación de contenidos. Incluso propusiste abrir una tienda en el metaverso para recomendar música, libros y películas según los gustos de cada uno. Siempre te han atraído las historias.

Se acordó de las noches de verano en las que bebían cerveza en un bar al aire libre y debatían ideas. Antes de unirse a la *startup*, Yujin trabajaba como consultora y se reunían en el bar frente a la casa de él cuando salía del trabajo. Solían quedarse hablando hasta altas horas de la noche. En ese entonces, ambos estaban emocionados por la nueva aventura y tenían el valor para enfrentarse a cualquier desafío.

—Tú también tenías muchas ideas. Pero la verdad es que recuerdo más las cervezas y las tapas que las ideas.

Una leve sonrisa apareció en el rostro rígido del hombre.

—Creo que terminé con reflujo gástrico por comer patatas fritas con queso todas las noches.

—¿No habrá sido la cerveza? ¿Recuerdas que apilábamos las chapas de las botellas como si fuese un jenga?

Ambos se rieron. Hacía catorce años que se habían conocido en la universidad. Nadie conocía mejor que ellos a sus yo de los veinte. Era la persona que más sabía de ella, incluso más que sus padres.

Él era una persona que se obsesionaba con facilidad. Cuando empezó a hacer *snowboard*, terminó con el cuerpo lleno de moretones; cuando estuvo preparando el examen de habilitación para ser contador, solo encendía el móvil diez minutos al día para resolver lo necesario, y cada vez que firmaba un contrato, era más minucioso que el propio abogado.

Esa misma persona estaba sentada como un anciano solitario en una playa, recordando los días gloriosos de su juventud. En los tres años que habían pasado sin verse durante sus treinta, había surgido un abismo. En ese tiempo interrumpido, resonaba un eco vacío.

—¿Te acuerdas? Íbamos a llamar a nuestra empresa «Primera nevada». No pudimos porque ya existía una con el mismo nombre. Al ver la nieve de camino hacia aquí, me acordé del día en que decidimos el nombre.

El superior mordió una galleta de chocolate blanco y desvió la mirada hacia la ventana. La primera nevada se había transformado en una tormenta de nieve. Yujin observó su perfil y recordó los días que habían compartido: cuando él pedía fideos *jajangmyeon* por teléfono en la universidad; cuando la escuchaba quejarse por su trabajo de consultora; cuando se quedaba dormido en el sofá tras reunirse hasta el amanecer en la oficina de la *startup*...

Yujin pensó que hay momentos en la vida que son como una primera nevada. Hay momentos que son turbulentos y de la nada se vuelven tranquilos. Los cambios llegan a nuestra vida revoloteando. Nos damos cuenta de ello cuando el pasado, lleno de heridas por nuestros fallos y errores, se cubre de blanco. Incluso las afiladas puntas de los abetos se cubren de nieve. Solo entonces, los momentos dolorosos que no entendíamos se transforman en un paisaje lleno de significado. Tal vez solo después de esa transformación obtenemos el valor para lanzarnos en *snowboard* por una colina blanca.

Siwoo y Serin recorrían las mesas encendiendo velas. Tan solo eran las cinco de la tarde, pero ya asomaba la oscuridad y las pequeñas luces junto a la nieve abrazaban a «La cocina de los libros de Soyangri».

—En realidad, tengo algo que decirte.

Yujin comenzó a hablar sin poder mirarlo a los ojos. Él frunció un poco el ceño y la miró. Las mejillas se le endurecieron un poco. Yujin se acordó de que se le ponían las orejas coloradas cuando estaba nervioso.

—Desde que estoy aquí, cada tanto recuerdo la época de la *startup*. Ahora que lo pienso, mientras duró la compañía, siempre vivía agotada. En ese momento ni siquiera sabía que estaba agotada.

Yujin hizo una pausa para ver cómo reaccionaba, pero él solo la observaba con calma. Continuó hablando mientras miraba danzar las llamas de las velas.

—Yo trabajaba ochenta horas semanales en la *startup*. No quería quedarme atrás en la competición, quería que me reconocieran como una capitana idónea mientras ejecutábamos el proyecto. Por eso trabajaba sin parar. Escondí mis emociones y lo di todo por el proyecto. Pensé que eso era ser una profesional.

En ese entonces se había zambullido en el mar del trabajo. Quería ser una aventurera valiente que exploraba el universo con un gran objetivo, pero su interior estaba destruido como un campo de batalla en ruinas. Cuidar sus emociones nunca fue prioritario. Primero estaba el éxito. Se azotaba a sí misma para correr con todas sus fuerzas, dejando de lado los sentimientos. Solo le importaba llegar a la meta.

—Si miro hacia atrás, si vuelvo a esos tiempos en que discutíamos sin parar, me doy cuenta de que no estaba en mi sano juicio. Me enojaba constantemente y gritaba por cualquier cosa. Me acuerdo del día que obtuvimos la financiación. Regresé a casa y me senté sola en el salón. Sentía un vacío en el pecho. Había logrado lo que tanto anhelaba y no sentía nada. Mi corazón era una caja hueca.

Le vino a la mente esa larga noche en la que permaneció sentada en la oscuridad. La voz le tembló un poco.

—Yujin...

—Por eso quería pedirte perdón. Por haberte dicho que todo era tu culpa, que eras una persona egoísta y superficial. En esa época yo estaba agotada y consumida. No podía mantener un vínculo con nadie.

Terminó la frase suspirando. El aroma de las velas se mezclaba con el de los libros.

—Yo también me sentía igual... —respondió con calma.

Yujin levantó la mirada. El hombre esbozó una sonrisa.

—El trabajo nos había vuelto locos. Solo hablábamos de eso y alardeábamos de que nuestro único pasatiempo era trabajar. Nos creíamos inteligentes y estábamos quemados. Te quiero pedir disculpas. Siendo mayor que tú, no supe cuidarte y estaba ahogándome contigo.

Yujin lo observó. Quería ver su interior. Al mirarlo se le superpuso el superior de la universidad. El joven que había conocido en un club de emprendimiento era divertido. No era el rey de la fiesta, pero congeniaban. Al conversar con él, se dio cuenta de cuánto la había hecho reír en aquellos tiempos.

—En realidad, he venido porque tengo algo que proponerte.

Yujin se irguió un poco nerviosa. Él le sonrió con tranquilidad.

—Trabajo en una empresa que quiere crear una biblioteca interna. Están buscando a alguien que se encargue de la conservación de los libros. Como es una empresa tecnológica, creo que irían bien libros que abordasen temas desafiantes y creativos. Como trabajamos bastante, los libros que brindasen ánimo y consuelo también servirían. Sin dudas, es un proyecto ideal para ti. No hace falta que me respondas ahora, pero, por favor, piénsalo y luego me dices.

Dejó en la mesa su tarjeta personal. Su cargo era el de «director de planeamiento estratégico». Yujin tomó la tarjeta y sonrió.

—¡Guau! Eres director. No hay nada que pensar. Si me lo pides tú... Pero ¿cuánto pagarán? ¿Es algo puntual o van a ir cambiando los libros con regularidad? El primer tema ya está decidido: creatividad y agotamiento mental.

Ambos se rieron en voz alta.

—Cuando se trata de ir para delante, no hay nadie como Jung Yujin. Entonces, ¿es un «sí»? El mes que viene, reunámonos en la oficina de Seúl, así aprovechas para conocer al encargado del proyecto. Ah, querría que eligieras el nombre de la biblioteca.

Yujin asintió y escribió algunas cosas en la aplicación de notas del móvil. Él la miró un momento antes de hablar.

—¿Qué significa «La cocina de los libros de Soyangri»? Ya sé que Soyangri es el nombre de este lugar, pero ¿por qué «la cocina de los libros»? Al principio pensé que era un restaurante.

—Muchos clientes nos preguntan eso. O nos preguntan por clases de cocina. Algunos leen «La cochina de los libros» y nos piden *jokbal*.

Él estalló en carcajadas, golpeándose las rodillas.

—¡La cochina de los libros! ¡Es muy pegadizo! ¡Ay, por favor!

Yujin rio también y echó un vistazo a su alrededor. Las montañas nevadas de Soyangri a través del ventanal parecían una pintura a tinta china.

—La cocina de los libros es exactamente eso: una cocina de libros. La nombré así con la esperanza de que fuera un espacio que llenará los rincones vacíos del alma, al igual que la comida nos llena el estómago. Hay muchas personas que viven sin darse cuenta de que están agotadas y no cuidan su interior. Quiero compartir historias sabrosas que llenen el vacío del alma. Y si además pueden escribir sobre lo que ocurre dentro de ellas, mucho mejor.

—Ah, así que significa eso... por eso es una cafetería y una estancia literaria.

El hombre asintió. Por el movimiento, parecía que se movía al ritmo de una canción. En la otra mesa, el sonido de los cubiertos hacía de melodía de fondo. Fuera ya era de noche. Las velas brillaban con mayor intensidad. Incluso sin las velas, la noche nevada ahora era luminosa.

—Se te ve bien, Yujin...

El superior mostraba cierto alivio.

—En serio. No sé... te veo más fuerte. También pareces tranquila. Creo que esta es la versión más auténtica de ti misma.

Yujin se despidió de él y volvió a entrar. Al mirar por la ventana, vio las huellas en el camino cubierto de nieve. Ahora que se había acumulado bastante, las pisadas eran blancas en vez de negras. Al lado de las grandes huellas de los zapatos del superior, estaban bien marcadas las huellas de las zapatillas de ella.

Volvió a mirar la tarjeta personal que le había entregado. Un pequeño rectángulo de papel grueso terminaba con los tres años de ausencia. El recuerdo de esos días en los que corría de un lado para el otro con la tarjeta de la *startup* parecía de otra vida y, al mismo tiempo, sentía que había sido ayer.

Había caído bastante nieve y la cafetería estaba tranquila. En ese instante, se escuchó el ruido de la puerta y unos cuantos copos de nieve entraron junto al frío.

—¡Yujin! ¿Sabías que Diane sacó un nuevo álbum? —gritó Siwoo exaltado.

—Claro. Me lo has dicho tres veces al día desde hace una semana.

—¿Y no te acordaste de que hoy iba a estar a las siete en la radio? Ay, no. Son las siete y once. Había puesto la alarma. ¡Se me había olvidado! ¡No puede ser!

Siwoo se dejó caer junto a Yujin mientras hablaba sin parar. Abrió la aplicación de la radio en su móvil y aparecieron los rostros de Diane y de la presentadora del programa. La voz de la presentadora era muy aguda.

—Hoy es el primer día de diciembre y tenemos un regalo musical tan emocionante como la primera nevada del año. Nos visita con su nuevo álbum la reina del *streaming*, ¡Diane!

—¡Hola a todos! Soy Diane. ¡Es un placer saludaros después de tanto tiempo!

—Guau, el ambiente en el estudio de radio está muy animado. El equipo y el productor no paran de sonreír. Hemos escuchado la canción principal del álbum: *Las cosas que amamos en invierno*. Es alegre y romántica, digna de Diane. ¿Qué nos puedes decir acerca de esta canción?

—Así es. Refleja lo que he vivido como cantautora. La escribí pensando en los recuerdos alegres que nos mantienen firmes en los tiempos difíciles. También pensé en las personas que me dieron fuerza y alumbraron mi camino.

—Este programa comenzó a las siete en punto y tu álbum salió a las seis, ¿cierto? Acabo de ver las listas musicales y tu canción ya se encuentra en el puesto número uno. Eres increíble, Diane. ¡Enhorabuena!

—Se dio la casualidad de que salió al mismo tiempo que la primera nevada y mucha gente debió de alegrarse. Quiero daros las gracias a todos por vuestro interés, en especial a todo el equipo y al productor, que han trabajado conmigo. Muchas gracias a todos.

—Quiero preguntarte, ¿cuál es tu canción favorita de este álbum?

—Hay una a la que le tengo mucho cariño. Es la última canción del álbum, una pieza instrumental titulada *El cielo nocturno con la abuela*. Mi abuela fue alguien muy especial para mí, falleció hace cuatro años. Compuse esta canción como si le escribiera una carta a ella.

—Es tu primer tema instrumental, ¿no? Me da mucha curiosidad. No puedo esperar más. Vamos a escucharlo.

La pieza instrumental comenzó con un solo de piano que te remitía a un paseo por un sendero. Luego, la melodía se volvió más rápida e intensa como el bramido de las olas. El violonchelo se unió al piano, conteniendo las olas con su sonido suave y grave. Los sonidos fueron desencadenándose como cuando las estrellas comienzan a aparecer en el cielo nocturno una a una. Enseguida se sumó el violín, elevando la energía del estribillo. La melodía terminó cuando el violonchelo interpretó sin acompañamientos la melodía inicial. A Yujin la canción le recordó al viento otoñal de Soyangri.

La pieza no tenía técnicas deslumbrantes ni ornamentos. Tampoco era una interpretación exagerada. Reflejaba tal cual la emoción de mirar el cielo nocturno con su abuela, el momento exacto en el que las estrellas centelleaban. Era clara y sencilla; una carta manuscrita con esmero.

Esa noche, Yujin reflexionó sobre las palabras de Diane: «A veces sueño con su casa. El sol siempre brilla y la luz es cálida; ella aparece vistiendo un *hanbok* y sonríe, sin decir nada. Puedo oler el bosque de castaños que visitaba de niña y transitar un mundo teñido de tonos púrpura y rojo oscuros».

El ciruelo de «La cocina...» parecía estar escuchando el piano. La nieve se acumulaba en sus delgadas ramas. La noche avanzaba, y la nieve amontonada se iba congelando como el hielo de un *bingsu*.

A pesar de que era la primera nevada, la noche no era fría. ¿Sería por el calor de los que habían visitado ese lugar? ¿O por el valor de quien se había atrevido a abrirse paso por el camino nevado para llegar hasta ahí? ¿O tal vez porque la melodía del piano tenía algo de reconfortante? Yujin miraba la nieve sobre las ramas del árbol y pensó que las estrellas que había contemplado junto con Diane habían descendido hasta allí.

7
Porque es Navidad

Serin sabía que Jihoon estaba allí hacía una hora. Él había llegado a la cafetería alrededor de las tres de la tarde. Como era la víspera de Navidad, había muchos clientes y pasó desapercibido cuando pidió un americano caliente. Ella lo recibió con alegría, pero notó un vacío particular en sus ojos.

Jihoon agarró el café y se fue al jardín. Su expresión era la de un pequeño animal acurrucado en un túnel. Aunque el frío invernal se colaba en su abrigo, no se bebió el café. Poco a poco empezaron a caer copos de nieve alrededor de él.

—Serin, ese cliente es… el muchacho de las luciérnagas, ¿no? El último romántico —dijo Siwoo.

Observando ensimismada a Jihoon de espaldas, suspiró y asintió.

—El día de la boda, regresaron a la librería y estuvieron hablando un buen rato, luego nos saludaron y se fueron. No podíamos preguntar qué había pasado. Tenía mucha curiosidad.

—Dijiste que lo conocías, ¿no? Deberías haberle preguntado.

—Oye, eso solo tú podrías hacerlo. Yo no soy tan directa.

Siwoo asintió mientras organizaba los chocolates para las galletas y los ingredientes del pastel de limón.

Jihoon permanecía inmovil. Como si se hubiera olvidado de hablar, como alguien que desea olvidar sus recuerdos. La nieve se transformó en aguanieve. Al anochecer, esa aguanieve amenazaba con enfriarse y convertirse en una nevada intensa.

Recordó las palabras que le había dicho Mary la noche de las luciérnagas:

—Jihoon, ¿sabes que es lo que más me gustaba de estar contigo? Que no era necesario mentir. Cuando estaba contigo, las notas de los exámenes no eran importantes, no me preguntabas por mi madre, tampoco tenía que hablarte sobre mi nueva mochila o zapatillas. Tú simplemente... me dejabas ser yo misma. Durante el tiempo que pasé contigo, fui una niña de muchos secretos, pero no fui una mala niña. Cuando me alejé de ti, me fui destruyendo poco a poco...

Sabía lo que Mary iba a decirle. Y creía saber por qué sacaba el tema. Aunque el rostro de ella parecía haber encontrado cierta paz, él sentía que su cuerpo se iba endureciendo.

—Al principio eran pequeñas mentiras. Luego empecé a mentir sobre mis estudios, mi currículum, mi familia y todo lo demás. Más que mentir, creía que era verdad. Por eso, cuando un hombre rico me propuso matrimonio, le dije que sí sin dudarlo. Pensé que era una oportunidad para avanzar gracias al estatus de mi marido. Ahora él me ha denunciado y estamos en juicio. Ha pasado casi un año y no parece que esta pelea vaya a terminar pronto. Al llegar a Corea, por fin pude volver a respirar. Será porque nací aquí...

Mary no le dijo que había ido por él. Tampoco le dijo que se había subido al avión pensando que tal vez, si lo veía una vez antes de morir, bastaría para estar satisfecha. Tampoco le dijo que ahora sí tenía el valor para seguir viviendo hasta llegar a la vejez.

—Jihoon, gracias por regalarme esta mariposa. Y... recuérdame como un viejo diario íntimo que solo abres de vez en cuando.

—Mary... yo solo...

Ella no lo dejó continuar.

—Estoy satisfecha con ser un recuerdo de tu pasado. No puedo ser tu presente ni tu futuro.

Justo en ese momento, comenzó a acumularse la nieve sobre el ciruelo detrás de él. Miraba más allá del jardín, esperando que alguien apareciera entre los árboles. Serin también dirigió la mirada hacia lo que él estaba observando. Era el sendero. La silueta de Jihoon le remitía a la última escena de una película triste. A pesar de que en la cafetería literaria sonaban alegres canciones navideñas, Serin no las encontraba alegres en absoluto.

Titubeó. Lo veía ahí sentado frente a un café frío y no sabía si debía entrometerse. Se le vino a la mente Mary, quien había regresado a «La cocina de los libros de Soyangri» cuando terminó el verano. Recordó su mirada y cómo se fijaba con naturalidad en el último cajón del mostrador.

Mary regresó a la librería diez días después de haber visto las luciérnagas. Aunque eran las seis de la tarde y ya estaban cerrando, el calor seguía siendo sofocante. Las nubes anticipaban una lluvia torrencial por la noche.

Serin la reconoció de inmediato al verla entrar. Si hubiera sido Siwoo, se habría acercado sin problemas a saludarla, pero tuvo que ocultar su sorpresa. Parecía más delgada que la última vez. Serin guardó el archivo de un folleto que estaba editando, se puso de pie y la recibió con una gran sonrisa.

—¡Bienvenida! Eres la amiga de Jihoon, ¿verdad?

—Sí, qué buena memoria. ¿Cómo estás?

Mary la saludó con una reverencia tímida. Vestía solo una camiseta blanca y unos vaqueros, pero aun así tenía un aire delicado y elegante. Reunió valor y comenzó a hablar.

—Ehm… ¿Todavía puedo participar en eso de la postal lenta?

Era la actividad que habían realizado en abril: cada participante se escribía una carta a sí mismo, se elegía un libro y todo era enviado en la víspera de Navidad. Había tenido buena acogida y a menudo recibían consultas al respecto.

—Ya no. Pero, como eres amiga de Jihoon, puedo hacer una excepción.

Mary le devolvió la sonrisa. Parecía una empleada de un centro comercial que muestra los dientes al sonreír. Apenas mencionó la actividad, Serin supo que era solo una excusa y que en realidad iba a pedirle un favor. Como ella era fanática de los dramas románticos y se sintió un personaje dentro de esa historia de amor, contuvo la emoción y asintió.

—Es este…

Mary sacó un libro de su bolso. Se podía leer el título ya que estaba envuelto en papel semitransparente: *Mariposa*, de Ekuni Kaori. La tipografía era simple y había una mariposa amarilla en la tapa. En el envoltorio se leía: «Para Jihoon, mi querido amigo».

—¿Podría llegar el 31 de julio del próximo año? Ese día es el cumpleaños de Jihoon. Es que.. creo que para esa fecha no estaré en Corea… En el remitente puedes escribir «La cocina de los libros de Soyangri».

Mary le dio el domicilio y el teléfono de Jihoon, luego pidió un americano frío para llevar y se fue. Al irse la notó mucho más relajada, como si se hubiese quitado un peso de encima.

A Serin se le superpuso la imagen de la espalda de Jihoon y la de Mary. Ella le había pedido que enviara el libro el próximo verano y no la víspera de Navidad. Sin embargo, se preguntó si al menos podría darle una pista. A veces uno resiste la tristeza con la esperanza de que algo bueno esté por venir.

Después de dudar unos momentos, comenzó a preparar chocolate caliente. Añadió solo la mitad de la nata montada que solía poner, pues dudaba de que a Jihoon le gustaran las cosas tan dulces. Sobre el chocolate bien caliente, espolvoreó canela y colocó unas galletitas de nuez en un plato blanco ovalado. El marrón intenso del chocolate y la blancura de la nata y del plato le recordaron a una pequeña cabaña hundida en la nieve del bosque. Con cuidado de que el chocolate no se derramara, avanzó hacia el jardín.

La nevada se hacía cada vez más intensa y el viento sonaba como un mar agitado. El ritmo del viento se parecía al de una lavadora en centrifugado: después de un ruido ensordecedor, venía el silencio. Lo primero que notó al salir fue la nieve que se había acumulado en el ciruelo.

Jihoon no estaba. En el lugar donde había estado sentado, aún no había caído nieve. Apoyó la bandeja y tomó con las dos manos la taza. Sintió el calor entre los dedos mientras dirigía la mirada al sendero que él había estado observando. El recuerdo de las luces de las luciérnagas era tan vívido que aún podía verlas.

Se le vino a la mente una frase del libro que recibiría Jihoon el próximo verano. ¿Qué respuesta le habría dejado Mary allí? ¿Cuál será la frase que más le gustará a Jihoon?

«Las mariposas pueden ir a cualquier lugar. Superan el ayer y se abren camino en el hoy».

Nayun encontró el paquete del correo frente a la puerta de su apartamento un poco después de la una de la tarde. La mayoría de la gente suele tomarse el día libre o trabajar solo por la mañana en la víspera de Navidad. Ya que tenía horarios flexibles, no tuvo problemas en hacerlo. Desde temprano, la oficina comenzó a vaciarse como una marea que baja. Mientras revisaba su casilla de correo, que casi no tenía novedades, comió un sándwich de pollo con arándanos en su escritorio y se fue de la oficina a las doce y media. Sobre todo porque no había motivos para quedarse.

Planeaba comer alrededor de las cinco en la casa de su hermano con su sobrina de cuatro años. Aunque todavía no pronunciaba bien, era demasiado encantadora. La niña esperaba con ansias a la tía que le iba a traer el vestido de Elsa de *Frozen*. Incluso tenía más ganas de ver a la tía que a Papá Noel. En el chat familiar habían compartido un vídeo de Chaeun bailando al ritmo de *Santa Claus is Coming to Town*. Sus pequeñas mejillas con hoyuelos siempre lograban desarmar a la tía Nayun.

Abrió el paquete apenas entró. Dentro estaba *La papelería Tsubaki* envuelto en plástico de burbujas y la carta que se había escrito a sí misma sellada con lacre. Lo primero que sacó fue la fotografía de «La cocina…» con pétalos de cerezo cayendo a su alrededor. La imagen era luminosa y parecía que los pétalos caían del cielo. Era un día de mucho viento. Aquella primavera le parecía muy lejana, pero tan solo habían pasado tres estaciones. Sentía que había estado en otro mundo y que la habían expulsado a través de una puerta giratoria.

Trató de imaginarse a Serin. Para ella la librería se había convertido en un lugar cotidiano. Cuando hablaban por teléfono, siempre estaba emocionada y con mucho trabajo. Parecía que soplaba un viento diferente desde la otra línea. Por supuesto, no había ido a la boda de Namwoo. No sabía si Serin fingía estar feliz, si la energía de la librería la había transformado o si simplemente era una persona alegre.

Abrió el sobre. Pensó que recordaría lo que había escrito, pero no fue así. La Nayun de esa carta no era la Nayun de hoy. Solo recordaba la sensación del bolígrafo al deslizarse por el papel.

Nayun:

¡Feliz Navidad! Hoy es Nochebuena, ¿no? Ahora me encuentro en la temporada en que las flores de cerezo vuelan por los aires. Los días son cálidos y no necesito abrigarme para ir en bicicleta.

Es la primera vez que me escribo una carta. Por eso tal vez parezca un poco caótica. Voy a intentar escribir como si fuera un diario íntimo. ¿Cómo me siento estos días? Ayer cantaste Cherry Blossom Ending *a gritos y el viernes por la noche, cuando nos fuimos de viaje con Chanwook y Serin, te sentiste aliviada y un poco triste. ¿Por qué te habrás sentido triste? Creo que pocas veces me pregunté y observé mis propias emociones.*

Pero... ahora que los cerezos han florecido y vuelan por los aires, de repente siento ganas de llorar. Mis veinte se van como los pétalos del cerezo. Si sigo así, ¿podré llegar a lograr algo? ¿Cuándo me casaré? Tengo veintinueve años y nada es seguro. Para Nochebuena, ¿habré ordenado mis sentimientos? ¿O estaré yendo a trabajar con el rostro inexpresivo, habiendo olvidado todo?

La Nayun de abril

El paquete traía una sorpresa. En la postal se leía en letras grandes «Invitación para la fiesta navideña» junto a una ilustración en la que se veían unos niños decorando un árbol a través de una ventana. Debajo de la ilustración se leía: «Prescripción de libros para sanar la vida».

¡Te invitamos a «La cocina de los libros de Soyangri» en Nochebuena! Visítanos con tu libro preferido o uno perfecto para brindar calidez y consuelo. Podrás llevarte el libro que más te guste de los que todos hayan traído. Los libros restantes serán donados a la Escuela Primaria Soyang. ¡Así todos los que quieras traer serán bien recibidos! Si no traes ninguno, también puedes venir. ¿Por qué? Porque es Navidad.

Al pie alguien había escrito a mano los pormenores de la reunión. Era la letra de Serin. Nayun sonrió con la posdata.

P.D.: Nayun, ¿qué estás esperando? Tienes que ponerte en marcha ya.

Pensó que muchas veces en la vida hay momentos que se parecen a esa invitación. A veces, en medio de la rutina, algo inesperado altera nuestros planes. Por un lado, ir a la casa de su hermano y visitar a su sobrina; por el otro, la inesperada invitación a la fiesta de la librería. Tenía que decidir.

Nayun tomó su pequeña cartera color caramelo y guardó su móvil, un anotador y una pluma Lamy. Abrió el armario y sacó la chaqueta gris más gruesa que tenía. Luego comenzó a marcar un número de teléfono. Eran las dos de la tarde. Fuera de su apartamento, las nubes oscuras cubrían el cielo. Daba la sensación de que ya había anochecido.

En Soyangri nevaba y ya era de noche. Cuando Nayun y Chanwook entraron al jardín, lo primero que vieron fue el ciruelo: se había transformado en un árbol navideño decorado con pequeñas luces. Varias personas en grupos de dos o tres ponían cartas y notas en una cápsula del tiempo. También les había llamado la atención la pancarta colgada junto a la cafetería al lado del otro ciruelo.

¡Bienvenidos a «La cocina de los libros de Soyangri»!

Primero: Recomiende libros que mariden con el sabor de la vida (amargo, dulce, salado, picante y umami).
Segundo: Participe en nuestra cápsula del tiempo. Se abrirá la próxima Navidad.
Tercero: Puede llevarse el libro que más le guste de la mesa de donaciones. Recuerde, ¡un libro por persona!

Al ver la librería a través de la ventana, se sorprendieron de lo cambiada que estaba.

—¡Guau! ¡Está completamente diferente!

—¡Sí! Fuera es invierno y dentro… ¿Es una Navidad veraniega?

Cuando entraron los recibió una palmera decorada como un árbol navideño y sangría con hielo sobre la mesa. Además, había champán moscato en un cubo y limones brillantes en un canasto con una nota que decía: «Ingredientes para el pastel de limón».

—¡Nayun!

— ¡Serin!

Apenas puso un pie en la librería, Serin corrió hacia Nayun como un cachorro y la abrazó. Las dos se agarraron de los hombros y empezaron a dar saltos en círculos. Parecía que bailaban la danza de la luna.

—Ey, controlaos que está lleno de gente. ¿No hay cerveza aquí? —preguntó Chanwook.

Serin lo miró de pies a cabeza.

—Lee Chanwook, hoy te has esmerado, ¿eh?

—Es que tenía una cita a ciegas, pero me la han cancelado. Ja, ja, ja.

—¿Cita a ciegas?

—¿Crees que se vestiría tan bien solo para ir a trabajar?

—¡Ay! Nayun, no me han rechazado. Hemos cambiado la cita para el veintiséis.

—¿No es lo mismo?

Mientras los tres reían, Nayun observó a Serin. Había cambiado en estos seis meses. Tenía la piel un poco más bronceada y la línea de la mandíbula más definida, tal vez porque había adelgazado un poco.

—Serin, ¿has perdido peso? Pareces diferente.

—¿De verdad? Aquí no tengo báscula, así que no estoy segura. Entre que tengo que abrir cajas llenas de libros, cuidar el jardín, correr para preparar comidas y lavar los platos, apenas tengo tiempo para sentarme. Es como hacer ejercicio a la fuerza. Je, je.

A pesar de decir que estaba muy ocupada, irradiaba tranquilidad.

—Ah… ¿y Siwoo?

—Está atrapado en la cocina. Hay mucho por hacer, ja, ja. Ahora le digo que habéis llegado. Seguro que enseguida viene a saludaros.

Serin dirigió la vista hacia la cocina y miró de reojo lo que quedaba en el bufet antes de responder. Al darse cuenta, Chanwook levantó las cejas en tono de broma.

—Vaya, parecéis un matrimonio que regentea una pensión.

Nayun estaba pensando lo mismo y ambos se rieron. Serin, indignada, negaba con la cabeza.

—Si hubiera habido amor, tendría que haber surgido hace diez años, ¿no crees?

—El amor no sabe de tiempos ni de espacios. La chispa se enciende cuando menos te lo esperas —agregó Nayun.

Serin se rio, resignada.

—¡Chicos! Despertad, por favor. Entrad en vuestros cabales. Quedaos aquí y comed algo primero, ¿de acuerdo? Yo tengo que terminar unas cosas. Ah, y hoy os quedáis a dormir, ¿vale?

Sin darles tiempo para responder, se fue casi corriendo a hablar con otro empleado. Estaban todos ocupados atendiendo a los clientes, sirviendo comida, lavando platos o encargándose de la decoración.

Los dos caminaron hacia el bufet. Nayun se sirvió costillas estofadas, ensalada de salmón, patatas fritas y, con una taza de café, regresó a su mesa. Chawook iba adelante, pero se detuvo de repente al observar algo junto a la comida.

—¿Qué es esto? Me suena…

Era una sección donde estaban expuestos cuadernos y bolsas ecológicas, entre otras cosas. La portada de un cuaderno era el jardín de «La cocina…» con tres cachorros *pomerania* blancos. También había postales y bolsas ilustradas: una pareja joven sentada en la cafetería, cada uno perdido en sus pensamientos, y una pareja de ancianos que elegían libros mientras sonreían.

—Ah, estas son las ilustraciones de Serin —dijo Siwoo, que apareció de la nada.

Los ojos de Nayun se abrieron de par en par.

—¿En serio? —respondió Chanwook muy sorprendido.

Siwoo asintió con una sonrisa.

—Guau, se ha convertido en toda una artista.

Nayun y Chanwook se acercaron a ver los productos de Serin. Casi pegaron los rostros a las ilustraciones para verlas mejor. Luego miraron al mismo tiempo hacia donde estaba ella. Serin también los miró y los saludó con una gran sonrisa, como en aquel día de primavera en abril.

—Al principio empecé a dibujar la librería para promocionarla en las redes sociales. Las ilustraciones gustaron tanto que empezamos a hacer *merchandising* para la tienda. El año que viene vamos a vender productos en línea —comentó mientras soplaba su taza de chocolate.

Los ojos de Nayun estaban llenos de emoción.

—¡Increíble! Tengo que pedirte un autógrafo antes de que te hagas famosa. A todo esto, ya no nos llamas. ¿Tanto te gusta estar aquí?

—Si me gustara tanto, os llamaría todos los días para presumir. Aquí en el bosque no hay mucho que hacer. Me daba vergüenza quejarme de la soledad, así que me enfoqué solo en trabajar.

—No digas eso. ¡Hay varias actividades y cosas muy divertidas para hacer! —protestó Siwoo haciéndose el enfadado.

—¡Ay! Si alguien os viera, pensaría que sois pareja —bromeó Nayun.

Serin negó con la cabeza, ofendida.

—¡Qué pareja ni qué nada! Aquí nos une la fraternidad.

Chanwook intervino con su voz grave.

—¿No son así... los matrimonios de verdad?

Nayun y Chanwook estallaron en risas ante la mirada desconcertada de Siwoo y de Serin.

Los cuatro, sentados junto a la ventana, observaban el jardín. Allí caía aguanieve y una niña de cinco años saltaba feliz como un cachorro que ve la nieve por primera vez. Llevaba un vestido de terciopelo púrpura bajo un abrigo a cuadros. Sus mejillas sonrojadas y regordetas eran las esferas de un árbol navideño. La niña miró a su madre y dio una vuelta, presumiendo de su vestido, y sus trenzas giraron como un remolino. De repente, Nayun recordó a su sobrina.

—Sinceramente, no puedo imaginarme criando a un niño.

—Los niños que visitan la librería son encantadores, pero cuando se encaprichan y lloran a gritos, me dan un poco de miedo. Y al ver a una madre que ni siquiera puede ir tranquila al baño porque el niño no se despega de ella, me pregunto si yo podría soportarlo.

Chanwook se cruzó de brazos y se echó hacia atrás.

—El problema no son los niños. Como he dicho antes, ni siquiera sé si algún día me casaré. Todavía me parece algo lejano.

Siwoo bebió un trago de sangría y añadió:

—Pienso igual. En el guion de mi vida, faltan doscientos años para que aparezcan el matrimonio y los hijos.

Nayun asintió con una sonrisa amarga. En ese momento, comenzó un vals que sonaba como la introducción de una película, el preludio de un nuevo capítulo.

—Chicos, me encanta esta pieza de *jazz*. Mi jefa la pone todos los días. Escuchad.

Los cuatro prestaron atención a la melodía mientras miraban a la niña y a su madre al otro lado de la ventana. En el jardín comenzaba a anochecer, y el ciruelo adornado y las luces de la cafetería iluminaban a la niña y a la madre como en un escenario. Parecía la escena de un vídeo musical.

In the sun she dances
To silent music-songs
That are spun of gold
Somewhere in her own little head.
Then one day all too soon
She'll grow up and she'll leave her doll
And her prince and her silly old bear.
When she goes they will cry.
As they whisper 'good-bye'
They will miss her I know
But then so will I.

A plena luz del día ella baila
la música silenciosa
al ritmo que nace
en alguna parte de su cabecita.
Un día, demasiado pronto,
crecerá y olvidará a su muñeca,
a su príncipe y a su viejo osito.
Cuando se vaya, llorarán.
Y al murmurar «adiós»,
todos la extrañarán
y yo también.

Nayun pensó en su sobrina. La pequeña Chaeun de cinco años pronto desaparecería de este mundo. Cuando aparezca la Chaeun de siete, ocho años... y cuando aparezca la de veinte, la pequeña solo existirá en fotografías y grabaciones. La universitaria de veinte no recordará a aquella niña que comía copos de nieve y que no podía pronunciar bien las palabras. Los recuerdos permanecerán en las mentes de las personas que la vieron. Son las fotos que nunca fueron reveladas. Al pensar en eso, Nayun sintió un nudo en la garganta, algo presionándole el cuello.

—¿Yo también habré sido así? ¿Por qué será que no recordamos nada de la infancia? —inquirió Serin.

Chanwook se desperezó estirando los brazos y dejó de mirar a la niña.

—Yo me pregunto lo mismo. Si Dios existe, ¿por qué hizo así a los humanos? ¿Por qué nos hizo olvidar la infancia? Nos creó con amnesia.

Nayun soltó lo que se le había venido a la mente de la nada:

—Yo creo... que quizás a Dios le gustan las cápsulas del tiempo.

—¿Cápsulas del tiempo? —preguntaron los otros tres al unísono, mirándola.

—Claro... Tal vez a los treinta abrimos una cápsula del tiempo llena de cartas de nuestros padres. Ellos recuerdan a esos seres frágiles e indefensos que fuimos. Se despertaron a las tres de la mañana para cambiarnos los pañales, escucharon nuestros balbuceos de alienígenas, calmaron nuestro llanto. Recuerdan cada detalle del osito con el que jugábamos. Cuando nos convirtamos en padres, por fin podremos entenderlos. Ahí será el momento en que se abrirá la cápsula del tiempo.

Serin asintió, sosteniendo su taza.

—Muchas familias vienen a visitar «La cocina...». Al ver cómo se pelean o juegan entre ellos, pienso en cómo se van acumulando las huellas del amor en nuestra vida. Quizá nos apoyamos y vivimos en los rastros del amor que hemos dado y recibido.

—Vivir en los rastros del amor... Guau, Serin, te has vuelto toda una poeta —bromeó Chanwook mientras la despeinaba.

Nayun sintió que se le aclaraba la mente. Daba igual que abriera una tienda de *macarons* o que siguiera trabajando en la empresa. Lo importante era comprender que ella misma era una persona imperfecta que había recibido una cantidad inmensa de amor y aceptar que los demás también eran seres imperfectos que habían sido amados. Las huellas de amor que habían dejado en ella le proporcionaban el calor para aliviar el frío en pleno invierno, la valentía para soportar las críticas y la paciencia para aguantar días llenos de fracasos y rechazos. Las personas son imperfectas, pero el amor es perfecto.

En «La cocina de los libros de Soyangri» resonaban las alegres canciones de Navidad y casi todas las mesas estaban ocupadas. La niña que hasta hace poco jugaba con su mamá ahora estaba con su padre poniéndole una zanahoria de nariz a un muñeco de nieve.

Sohee estacionó el coche y apagó el motor. Antes de bajar se miró un momento. Su jersey negro hacía resaltar los aretes plateados. Respiró hondo y luego agarró una gran bolsa de papel y la cartera del asiento del copiloto. El clic de la puerta cerrándose y el zumbido de los espejos retrovisores plegándose le decían que todo iba a estar bien.

Caminó por el jardín de la librería con cuidado. Aunque ya era de noche, el lugar se veía animado, como si estuviera a punto de amanecer por segunda vez. Había dos muñecos de nieve y un ciruelo decorado con luces. También vio unas camelias que brillaban como rubíes en la blancura. De pronto se dio cuenta de que sus aretes se parecían a las camelias brillantes y sonrió. El jersey ya no le resultaba sofocante. Volvió a respirar hondo para reunir coraje y siguió caminando.

El día que Sohee fue dada de alta del hospital era verano. En agosto, durante el camino de regreso a casa, se veían las flores en su máximo esplendor. A pesar de que las ventanas estaban cerradas, se escuchaba el canto de las cigarras. La naturaleza la apremiaba a volver a la vida normal, bulliciosa y atareada.

Al llegar a su hogar, durmió una siesta y luego cenó antes de que anocheciera. Eran las siete y el calor no amainaba. Salió a caminar con un jersey gris sin mangas. Se estaba despidiendo del cáncer de tiroides. Una cicatriz en forma de medialuna desde la base del cuello hasta el pecho era lo único que le había quedado. El jersey la ocultaba con discreción, pero cada vez que Sohee lo colgara en el perchero recordaría su estancia en el hospital.

Compró los aretes de forma impulsiva. Antes de que anocheciera, los vio por casualidad en un puesto callejero. A la luz del crepúsculo, los pendientes, que tenían una perla en el centro, se asemejaban a una flor en medio del desierto. La curvatura de los pétalos los hacía parecer vivos.

Se sentía distinta con esos aretes. No los usaría para ocultarse, sino para mostrarse. Simbolizaban que había resurgido de la fría sala de operaciones más viva que nunca. Sohee notó que las flores de los aretes eran iguales que las camelias en la nieve. Pensó que esa era la forma que tenía «La cocina…» de darle la bienvenida.

—¡Sohee! ¡Pensé que no vendrías! —exclamó Yujin acercándose a ella, que entraba con timidez.

Yujin ya había bebido una copa de sangría y desprendía un leve aroma a vino tinto. El ambiente en la cafetería era muy distinto al del verano pasado. El bullicio de las risas y de las conversaciones alegres se mezclaba con el ruido de la vajilla. El aroma de la comida comenzó a relajarla. Sohee recordó los platos que había disfrutado la última vez: una sopa de carne y rábano, *bibimbap* con pasta de soja y guiso de *kimchi* con cerdo. Cuando despertaba en la madrugada después de una pesadilla y le invadía el miedo a la cirugía, pensaba en el desayuno que comería al salir del hospital. Esa era la comida casera ideal con la que Sohee soñaba. Y preguntándose qué le servirían de desayuno, lograba volver a dormir.

—¡He llegado un poco tarde! ¿Cómo has estado? —respondió Sohee con una pequeña sonrisa, pronunciando las palabras que había querido decir hacía mucho.

Sin embargo, con su mirada dijo algo más: «He extrañado mucho este lugar, a pesar del miedo y de la incertidumbre de esa época».

Tal vez Yujin captó ese mensaje porque, con su rostro sonrojado por el alcohol, la llevó a su asiento y se desplomó a su lado. Quería observarla bien y preguntarle sobre su salud, sobre la operación, pero luego pensó que el éxito de la cirugía no significaba que el proceso hubiera terminado. El corazón también necesitaba tiempo. Yujin sacudió la cabeza con fuerza y le entregó un plato gris muy pesado.

—¡Toma! Come algo primero. Debes estar cansada de conducir.

La voz entusiasmada de Yujin, un poco más alta de lo habitual, trataba de imponerse a la música y a las voces de los demás. Sohee recordó el festival de *jazz*: el olor de la hierba y las flores, la lluvia sobre su cuerpo, el baile con desconocidos, el sentimiento de unidad con todos los que se habían quedado hasta el anochecer y las conversaciones con Yujin y con Hyungjun.

—Estoy hambrienta. Y con muchas ganas de saber qué habéis cocinado —dijo Sohee mientras le entregaba la bolsa llena de libros.

—Guau. ¡Son muchísimos libros!

—Vi que aceptaban donaciones, así que traje algunos. Je, je.

La sonrisa le marcaba los hoyuelos a Yujin mientras revisaba la bolsa. Algo la sorprendió y se detuvo.

—¿Qué es esto?

Allí había un libro muy especial. El ejemplar tenía forma cuadrada y era un poco más grande que el resto, aproximadamente del tamaño de una hoja A4 doblada. Parecía un álbum de fotos, pero la textura del papel no era la indicada para ese formato. La cubierta estaba envuelta en terciopelo, con un motivo circular con bordes dorados. Se notaba que era un trabajo artesanal.

Dentro del círculo que se asemejaba a un espejo, había una niña sentada en el tejado observando la luna. Al lado había una chimenea. El tejado estaba pintado en tonos ladrillo y espolvoreado con dorado. La luna miraba a la niña. No era una luna menguante, sino más bien casi una luna llena. El rostro de la niña no estaba definido, pero por su postura y el ángulo, transmitía paz. En la esquina superior derecha y en la inferior izquierda había cintas rojas y verdes que evocaban una atmósfera navideña. También en la esquina superior había un lazo rosa que encajaba muy bien con una niña de cinco o seis años.

—Es mi primer libro de cuentos.

Al ver los ojos bien abiertos de Yujin, Sohee se puso tímida y comenzó a hablar más rápido.

—No lo he hecho para vender. Me lo regalé a mí misma para conmemorar el mes que pasé aquí. Vine con la intención de leer y escribir un diario. ¿Recuerdas esa noche que llovió a cántaros? Pues desde esa noche empecé a sentir que una niña en mi interior me hablaba y me proponía una aventura.

A Sohee se le vino a la mente el sol cálido de aquellos días y volvió a sentir la emoción de la primera vez que había escrito sobre Sofía.

—La niña se llama Sofía. Es una pequeña maga que sueña con ser la encargada de la librería «Luz de luna». Le gusta escuchar las historias sobre mundos maravillosos que le cuentan los magos que visitan la librería. Gracias a su magia, puede viajar a través del tiempo y el espacio para encontrar libros en lugares extraños. En las noches de luna llena, puede viajar a otros mundos, pero debe regresar dentro de las veinticuatro horas. La niña es un poco torpe y comete muchos errores, por eso no ha conseguido la certificación oficial de librera mágica. La luna llena previa a Navidad, un ladrón roba los libros del lugar. Esos ejemplares eran los regalos que tenía que entregar. El final lo puedes leer tú, ja, ja.

—¿En serio no me lo vas a contar? Vaya…

Yujin abrazó el libro contra su pecho y con los ojos llenos de lágrimas, miró al techo antes de lanzarse a abrazar a Sohee. Para algunos sentimientos, las palabras no bastan; solo se transmiten a través de los latidos del corazón y los ojos lacrimosos. Sohee sintió el profundo aprecio en el abrazo de Yujin. Aunque rara vez lloraba, notó que desde la cicatriz en su cuello nacía una oleada de emociones. Le palmeó la espalda.

—¡Cómo vas a emocionarte así! ¡Todavía no has leído el libro!

—Tienes razón. Creo que me he pasado con el vino.

Yujin se rio, todavía lagrimeando.

En ese momento, comenzó a sonar *Let it Snow* de Eddie Higgins Trio y de una mesa al otro lado de la sala se escucharon carcajadas. Sohee sonrió, tomó el plato y se sirvió un poco de patatas gratinadas y *kimbap* de queso. Yujin deshizo el lazo con cuidado y abrió el libro.

Prólogo

Sofía recuerda con nitidez lo que ocurrió en la librería cuando cumplió cinco años. Era una noche en que la luna llena estaba muy amarilla. Alguien había entrado en la tienda mágica. Levantó la mirada al oír los cascabeles de la puerta. En ese instante, se asomó un libro en la estantería, que estaba cubierto por una fina capa de polvo. Parecía que había estado allí toda la vida. Sofía parpadeó y miró el libro que había aparecido de la nada. Abrió los ojos como platos. ¡El libro estaba perdiendo su luz e iba a desaparecer! Aunque solo duró unos tres segundos, no apartó la vista de allí.

Entonces el libro, con cierta dificultad, mantuvo su forma. El cliente que había entrado, después de dar un par de vueltas, se llevó el libro. Esa noche Sofía le contó a su mamá lo que sucedió, pero su mamá no la entendió.

Veinticinco años después, el misterio fue resuelto.

—Ese fue mi error.

Alice, una candidata a maga, intentó sonar tranquila, pero en los ojos se notaba su frustración. La asociación de magos había dejado un hechizo para que cada persona encontrase su libro ideal. El libro debía aparecer cuando la persona entrase, pero Alice había murmurado un contra-hechizo. Su maestra, Harriet, logró resolver el problema. Ella solo tenía nueve años, así que la perdonaron. Sin embargo, ese fue solo el comienzo de los errores magistrales que marcaron su carrera...

—¡Es muy interesante! —dijo Hyungjun, que en algún momento se había acercado para echar un vistazo al libro.

Sohee se volvió hacia él y lo saludó con entusiasmo.

—Pero eres abogada, ¿cómo encontraste tiempo para escribir? ¿Tienes mucho tiempo libre?

Ella esbozó una sonrisa tímida.

—Es un pasatiempo. Todos los días leo y escribo textos serios y me dan ganas de escribir algo más ligero y adorable.

Hyungjun se sentó a su lado para responderle, pero apareció Siwoo.

—¡Choi Sohee! ¡Cuánto tiempo!

—¿Me recuerdas? Qué buena memoria.

Se puso contenta al ver que Siwoo seguía igual de alegre. Para la triste Sohee del verano, la voz de Siwoo había sido una bebida refrescante. Él se rio y continuó.

—¡Cómo olvidar a una huésped que se alojó un mes! Además, eres «esa persona» que aparece en las canciones de Hyungjun, ¿no?

—¿Esa... persona?

Sohee miró a Hyungjun para pedirle una explicación mientras que él le hacía gestos a Siwoo, intentando callarlo.

Pero nadie podía parar el torrente de palabras de Siwoo, que soltaba frases sin parar como un rapero.

—Hyungjun, ¿no le contaste que vas a trabajar en la producción de un álbum?

—¡Siwoo! Eso no está confirmado aún...

—Pero si ya tienen hasta la demo, ¡cómo que no está confirmado! ¡No seas tan humilde! Eres el responsable del *marketing* en las redes sociales, al fin y al cabo. Ay, ¿qué le pasa a ese proyector?

Siwoo señaló algo con la barbilla y fue hacia el proyector, que mostraba una pantalla gris en la pared. Sohee miró a Hyungjun, que se había quedado de piedra, y se rio a carcajadas. El rostro desconcertado le quedaba muy bien.

—¿Cómo es eso? ¿Has escrito la letra de una canción? Me da curiosidad. Si tienes una muestra, déjame escucharla. ¿Su título es *Esa persona*?

—No. Se llama *El mejor camino*. ¡Ese Siwoo! No puede ser...

Hyungjun miró hacia el suelo con el rostro rojo de la vergüenza. Sohee sonrió al recordar esa noche lluviosa de verano. Yujin, ajena a lo que sucedía a su alrededor, seguía inmersa en el libro de cuentos.

—¡Hermano! ¡Pensé que no vendrías! —gritó Siwoo detrás de Yujin.

Ella dejó de leer y se dio la vuelta para ver el rostro travieso de Siwoo que, con los brazos extendidos, parecía querer decirle algo. Pero, en ese instante, dejó de oír cualquier sonido. Solo podía mirar hacia la entrada y parpadear atónita.

Allí estaba él: Min Soohyuk, con un abrigo largo de cachemir gris oscuro. Parecía tan tímido como cuando se conocieron. Ella lo miró y sintió que volvía a ese momento: la noche de otoño que bebieron vino con café en la terraza, las conversaciones a la luz de la estrellas, las castañas calientes, la neblina tenue sobre el lago a la madrugada.

Yujin avanzó hacia Soohyuk. Él apoyó una bolsa de papel blanco sobre el suelo y se quitó los guantes marrones.

—*Delivery* de vino de hielo. Ideal para el postre.

Le sonrió a Yujin, que seguía atónita. Su voz grave era la de siempre, al igual que sus dedos largos y finos. Sin embargo, sintió que algo había cambiado en él. No podía explicar qué era, pero estaba más relajado, ya no estaba a la defensiva. Siwoo sonrió.

—Hermano, ¿usas gafas? Antes no usabas, ¿o sí?

—Decidí probar algo nuevo. Vivir otra vida. Así que compré unas gafas sin graduar. Alguien me dijo que… que sería genial vivir una segunda vida, como el protagonista de una novela.

—¿De qué hablas? —preguntó Siwoo sin entender.

Soohyuk miró a Yujin y a ella se le escapó una risa. El pendiente dorado de los guantes de Soohyuk tintineó. Tenía muchas cosas que contarle, pero no sabía por dónde comenzar. La imagen de sus ojos enrojecidos, el vino de hielo y la nieve sobre la tumba en la montaña se mezclaron en su mente.

Era la primera vez que visitaba la tumba de su madre. No fue difícil encontrarla porque la vegetación todavía no la había cubierto. Además, su cuerpo recordaba la ubicación por instinto, ya que allí realizaban las ceremonias tradicionales durante las festividades. Comenzó a nevar debajo de unas nubes grises y Soohyuk se quedó mirando la tumba en silencio. Había evitado ir a visitarla por miedo a no tolerarlo y romper en llanto, pero al estar frente a la tumba cubierta de nieve sintió una calma inesperada. La vida y la muerte parecían estar empaquetadas muy prolijamente. La nieve cayó con más fuerza y abrió su paraguas. Caminó colina abajo por el sendero. Cerca de allí vio a un hombre que subía sin paraguas. Sumido en sus pensamientos, estaba a punto de pasar de largo, pero el hombre se frenó frente a él y tuvo que detenerse.

Era su padre. Soohyuk dio un paso atrás. Le resultaba extraño verlo allí, sin su secretaria ni su paraguas, de pie bajo la nieve. Soohyuk titubeó y no supo qué decir. Hacía más de veinte años que no le decía «Feliz Navidad» a su padre. Pensó que sería irrespetuoso decir alguna frase para salir del apuro, como «Usted también ha venido». A fin de cuentas, estaban en un santuario para los muertos. Fue entonces cuando notó la botella de vino de hielo en las manos de su padre. Estaba dentro de una cubitera y solo se veía la parte superior del cuello, pero pudo reconocerla con facilidad. Su madre amaba ese vino.

Soohyuk pudo recordar ese detalle. Siempre que su madre preparaba tarta de manzana y galletas mientras escuchaba *jazz*, su padre sacaba el vino de hielo después de la cena. Ambos conversaban hasta tarde mientras tomaban el vino y comían la tarta. Durante esas charlas, la mirada del padre se endulzaba y la madre reía a carcajadas. Soohyuk comprendió en ese momento que solo recordaba un fragmento de su madre. Ella no cocinaba las galletas solo para él y su hermana. También cocinaba un postre para acompañar el vino que compartiría con el hombre al que amaba.

Su madre siempre estaba alegre cuando cocinaba. Soohyuk pensaba que era por el aroma dulce de la masa, pero eso era solo una parte. Su luna de miel había sido en Toronto. Allí habían visitado viñedos y la madre había quedado fascinada con el vino. Cuando ella se sentía triste o enfadada, su padre solía traerle una botella. El vino era tanto un gesto de reconciliación como un símbolo de amor entre ellos.

—Padre… ¿Eso es vino de hielo?

El hombre, que lo miraba en silencio, dirigió la vista al vino. La nieve que caía en la cubitera se derretía al instante. Asintió y con una sonrisa tenue le dijo despacio:

—Soohyuk, tú… tienes… los ojos de tu madre.

Su voz contenía un matiz de dolor apenas perceptible. Soohyuk levantó la mirada y notó que tenía los ojos enrojecidos. Podía oír su corazón bombeando. Sobre el campo cubierto de nieve caía una añoranza profunda. No era el rostro duro y seco de un empresario; tampoco la figura de un ser gigantesco, frío y perfecto. Era tan solo un hombre que había amado con locura a una mujer, hasta el punto de haberle entregado toda su vida.

Soohyuk por fin comprendió cuánto había amado a su madre. Entendió también por qué, cuando decidió irse a estudiar al extranjero sin pedirle permiso, no se había enfadado tanto como él había temido. Ahora veía la pena que subyacía en la ira de su padre cuando una inversión precipitada resultó ser un fraude. Siempre había sentido que lo evaluaba y juzgaba, pero en realidad tenía una forma silenciosa de amar. En la víspera de Navidad, su padre veía en él un eco de su madre. Tenía la bondad de ella y su mirada.

—¿Es Nochebuena y no tienes cita?

Su padre le hablaba mirándolo a los ojos. Soohyuk reaccionó y se acercó para cubrirlo de la nieve, que ahora se oía caer sobre el paraguas.

—¿Y usted? ¿Qué hace en Nochebuena sin paraguas?

Una sonrisa leve apareció en el rostro del padre. Soohyuk también sonrió, mirando en otra dirección. El padre soltó un largo suspiro que se desvaneció en la blancura.

—Soohyuk, encuentra una mujer con la que puedas conversar durante horas. Alguien con quien puedas sacar lo más profundo de tu corazón y hablar toda la noche. Esa es la única enseñanza que quiero dejarte. Con el tiempo, las épocas gloriosas pasan y la locura de la pasión y la euforia se desvanecen. Pero las conversaciones permanecen para siempre. Las palabras quedan en el corazón, nunca se desgastan, nunca se rompen…

Mientras el viento los abrazaba, el padre cerró los ojos y recordó las conversaciones que había tenido con su esposa.

Sobre los guantes de Soohyuk había restos de nieve que no se habían terminado de derretir. En el jardín de «La cocina…» seguía nevando. Tomó la bolsa que había apoyado en el suelo y miró a Yujin.

—Conozco un lugar perfecto para beber vino de hielo. ¿Te gustaría ir?

El camino de metasecuoyas cubierto de nieve era un batallón de árboles navideños en fila. Los árboles a ambos lados extendían sus ramas desnudas. La carretera nevada se desplegaba sin huellas bajo la luz amarillenta de las farolas que iluminaban los troncos.

El vino de hielo era dulce y algo seco. Como no había copas, llevaron tazas de expreso y el vino negruzco parecía café.

—Mi abuelo solía moler los granos y prepararme café —dijo Yujin sentada en el banco, levantando la taza a la altura de los ojos—. Comenzó a hacerlo cuando entré en la universidad. Él me enseñó a beber café en lugar de *makgeolli*. Me dijo que en la vida puede haber momentos amargos como el café, pero que recordara que hasta en lo más amargo se puede encontrar alguna enseñanza. Al principio, no entendía por qué la gente bebía café ni qué sabor se suponía que debía tener, pero cuando aprendes a amar una taza hecha con esmero, comprendes el encanto escondido en los momentos amargos de la vida.

Soohyuk miró su taza y asintió.

—Es cierto… Creo que siempre he estado demasiado ocupado huyendo del sabor amargo de la vida. Tampoco sabía cómo admitir ni aceptar los fracasos y las frustraciones. Quizá por eso nunca había querido visitar la tumba de mi madre.

Yujin recordó el momento en el que pensó en él durante la primera nevada y lo miró de perfil.

—Hoy he visitado la tumba de mi madre. Hace unos días fue el primer aniversario de su muerte. Al bajar de la montaña, me encontré con mi padre. Me dijo que buscara a una mujer con la que pueda conversar y cuyas palabras permanezcan para siempre en mi corazón…

Soohyuk hizo una pausa y pensó que ya había encontrado a la mujer con la que quería hablar durante horas…

Ambos se miraron. Ella asintió, dándole a entender que quería seguir escuchándolo.

La nieve continuaba cayendo, y Yujin se sintió dentro de una gran bola de cristal. Soohyuk se puso a hablar de su vida: el vino de hielo y su padre, los callejones de Yeonhui-dong y su madre, la traición de un amigo, el sueño de ser director de musicales, la rutina sin sentido en la empresa y la muerte de su madre…

Yujin también compartió sus historias: su infancia marcada por la competición, el agotamiento en la *startup*, su distanciamiento del superior, el amanecer en la montaña Maisan y sus días en «La cocina de los libros de Soyangri»...

La nieve caía dentro del vino y se derretía. A pesar del viento, sentía que el mundo era suave como una alfombra de lana. Yujin bebió un sorbo.

—Alguien me contó que el ciruelo es el primero en florecer en primavera. Es el árbol que simboliza el fin del invierno. Por eso se me ocurrió convertir nuestro ciruelo en un árbol navideño, porque ofrece calidez a quienes atraviesan el invierno de sus vidas. Al igual que el sabor amargo del café, también nos reconforta y nos alienta a que vivamos con valentía un año más.

Soohyuk sonrió. Al chocar su taza con la de ella, se escuchó un sonido claro y transparente. Yujin le devolvió la sonrisa.

—Feliz Navidad.

—Feliz Navidad.

Continuaron conversando hasta tarde en el banco del camino de metasecuoyas cuando tres gatos callejeros aparecieron en el jardín de «La cocina...». Había parado de nevar y la luna brillaba entre las nubes. En el ciruelo, entre las guirnaldas luminosas, florecían las cápsulas llenas de historias, deseos, anhelos, nostalgias y penas. La noche estaba impregnada de un aroma dulce y cítrico a pastel de limón que flotaba como una nube.

Epílogo

Epílogo 1
El tiempo del viento y las estrellas

Era un día perfecto en Hawái. El sol resplandeciente parecía una celebridad en un escenario rodeada por sus fanáticos. El cielo de un azul irreal, las nubes blancas como sábanas de hotel, el aire puro que no necesitaba los filtros de una cámara, las palmeras que se alzaban graciosas y una oferta interesante de restaurantes sofisticados. Diane sentía que estaba en un pequeño paraíso.

Sin embargo, le gustaba más la noche hawaiana. Para ella, el mar nocturno no era una mujer seductora sino una abuela acogedora. A través de la ventana, el sonido de las olas se difuminaba al igual que una fragancia delicada. Al abrir la ventana, la brisa marina entró de inmediato. Recogió su cabello alborotado por el viento y salió al balcón. Reinaba una oscuridad absoluta. No había estrellas en el cielo, la luna apenas se asomaba y enseguida desaparecía entre las nubes. Eran las once de la noche. Diane miraba a la playa, donde las olas rompían sobre la costa y creaban espuma blanca en un ciclo sin fin.

Querida abuela:

Dudó unos segundos mientras jugaba con el bolígrafo. Sentía que las emociones se le desbordaban de golpe. Su corazón vacilaba, aún necesitaba tiempo. Pero sabía que no podía seguir posponiéndolo. Recordó el cielo nocturno que había visto en «La cocina de los libros de Soyangri» antes de su viaje. Luego miró el cielo nocturno hawaiano. Aunque no las viera, sabía que las estrellas brillaban más allá de las nubes. Lanzó un leve suspiro, escuchó el sonido de las olas y agarró el bolígrafo de nuevo. Sentía que el bolígrafo era un hilo telefónico que la conectaba con su abuela.

Estoy en Hawái. Ahora mismo escucho el sonido de las olas nocturnas. Suenan como el viento entre las montañas. Cuando el viento soplaba en Soyangri, las hojas hacían ruido y se agitaban. Parecía que saludaban, ¿recuerdas? Las hojas de los árboles verdes, amarillas y turquesas reflejaban la luz del sol.

Cuando iba a tu casa, me gustaba quedarme dormida en la veranda y oír ese rugido. Al despertar, tú estabas a mi lado, limpiando brotes de soja o pelando ajos. A veces observabas cómo el bosque se mecía por el viento y, cuando te percatabas de que me había despertado, me mirabas y sonreías.

Me tranquiliza escuchar el mar. Aunque la noche sea tan oscura, si lo escucho puedo dormir en paz. Siento que tu amor es parte de las olas. Su sonido me ayuda a evocar tu perfil sereno. Quizás ellas puedan llevarte mis palabras.

Hace poco fui a tu casa. Fue mi primera visita desde que te llevaron al asilo. Por el camino lleno de curvas, fui al Soyangri que tanto amabas. Ya habían vendido la casa. Construyeron un hotel de casas tradicionales en el pueblo de abajo. El viejo almacén donde siempre me escondía también ha desaparecido. Y en el lugar donde estaba tu casa, hay un nuevo edificio.

Pero Soyangri sigue igual. Cuando el viento sopló con fuerza, sentí tus caricias. Recordé cuando colgabas los caquis en el tejado para dejarlos madurar y también la vez que me caí de un árbol mientras perseguía a una ardilla.

Esa noche, miré al cielo nocturno y pude verme a través del tiempo. Sentí que nadaba en un pequeño universo y una estrella me susurraba a través de la brisa. Me decía que había sido muy feliz durante su vida, que aquellos bellos momentos se habían vuelto recuerdos y que, aunque pasaran miles de amaneceres y atardeceres, estaba agradecida de haber podido abrazar, amar y recordar a alguien de esa manera. Seguramente así te sentirías tú.

Me daba miedo decirte adiós. Era aceptar que ya no estabas más en este mundo, una suerte de rendición. Tenía miedo de que solo quedara un vacío donde estuviste. Pero en esa ocasión en Soyangri lo entendí: aún estás allí. El sonido del viento que escuchábamos juntas y los recuerdos que guardamos con cariño siguen ahí. El tiempo parece haberse detenido en ese lugar y puedo reproducir esos momentos una y otra vez.

Y también descubrí un nuevo comienzo en ese sitio. Ahora el almacén es una pequeña cafetería. Al mirar las piedras de sus cimientos, vi otra versión de ti. Creo que los que visiten ese lugar se irán con un cálido abrazo que les dará fuerzas. Mientras miraba el cielo en Soyangri, pensé que quizá te convertirías en una estrella para iluminar ese sitio por siempre. Estoy segura de que los libros de esa librería guiarán a las personas al mundo de las historias y su música los hará libres.

Hoy compuse un tema para ti. No lleva mi voz, tampoco tiene artificios técnicos ni un final inesperado, pero es una pieza sincera que me representa. Se parece al viento de la montaña Soyangri, a las olas de Hawái que me gustaría compartir contigo, a las estrellas que abundan en el cielo. Tú también podrás escuchar esta melodía donde sea que estés, ¿verdad? La interpreté esperando que llegue a ese lugar del universo en donde estás.

Te amo, abuela.
Tu nieta, Diane.

El ruido de las olas al llegar a la costa parecía una respuesta. No tenía ganas de llorar. Era una noche demasiado pacífica, feliz y cálida para estar triste. Diane volvió a escuchar el piloto del tema instrumental y se quedó dormida. Fue un sueño cálido, como si estuviera durmiendo sobre el regazo de su abuela.

Epílogo 2
Hoy, hace un año

Cuando se abrió la puerta automática de vidrio, apareció un vestíbulo inmenso. El techo de la planta baja alcanzaba los diez metros de altura y parecía una caja gris. Las mesas bajas al lado de la ventana contrastaban con el techo y destacaban la sensación de amplitud.

Yujin apretó con fuerza su bolso. Detrás de ella se oían las bocinas de los coches y el tictac del semáforo en rojo. Al darse la vuelta vio la fila de rascacielos a lo largo de la avenida Teherán en Gangnam. Yujin volvió a mirar al frente, respiró hondo y caminó hacia el final del vestíbulo.

—Yujin, por aquí. Muy buen trabajo.

El superior se levantó de una mesa junto a la ventana. El encargado del proyecto también le dio la bienvenida y se acercó casi corriendo.

—Usted también, superior. Y, por supuesto, usted también, señor Kang. Realmente han hecho un gran trabajo. ¿De verdad no se hará una ceremonia de inauguración?

—Yujin, ese acto de cortar la cinta es muy anticuado. No es más que un gasto de tiempo y dinero. Este es un espacio para leer, no es necesario.

Era el día de apertura de la biblioteca de la empresa. En un sector del vestíbulo colocaron cuatro estanterías de siete metros de altura para formar una pared. Dentro, cubrieron el suelo con césped sintético y pusieron varias plantas para darle un toque verde. Crearon espacios individuales con la forma de pequeñas cabañas y dispusieron sillones cómodos para leer de forma relajada. Los libros eran variados: desde cómics hasta textos de física cuántica. Sin embargo, la colección principal estaba repleta de novelas y ensayos ligeros que ofrecían un descanso para la mente.

Aunque eran las diez de la mañana, ya había muchos empleados reunidos eligiendo libros y charlando con un café en la mano. El superior, el señor Kang y Yujin observaban las expresiones de las personas al igual que un chef mira a sus comensales mientras prueban la comida. El señor Kang fue el primero en hablar.

—Los empleados ya andan diciendo que la biblioteca de la empresa es excelente.

—¿En serio?

—Sí. Dicen que la decoración y el nombre están muy bien pensados.

Yujin sonrió al observar el letrero de la biblioteca, que decía: «Paseo del alma». Pensó en el rostro satisfecho de Serin.

—La idea fue de una empleada de «La cocina…». Quería que, incluso en el corazón de Seúl, las personas pudieran sentir la calma de pasear por Soyangri.

En ese momento, el teléfono de Yujin emitió una notificación: «Mira las fotos de hace un año».

Al hacer clic, aparecieron las caras de Hyungjun y Siwoo en la pantalla. Sostenían un cartel y tenían los cabellos agitados por el viento. Siwoo sonreía con su inocencia característica y Hyungjun lucía la expresión indiferente de siempre. Luego vio una foto de la librería iluminada por el sol el día de la revisión final, otra de una mesa puesta para la cena y otra del cielo estrellado. La tensión que sentía se desvaneció y la reemplazó una nostalgia tierna. Yujin observó los rostros de sus dos empleados. Ese día, cuando regresara a Soyangri, ya no estarían allí. Hyungjun estaba en Seúl participando como letrista en un proyecto musical que duraría varios meses y Siwoo se había tomado sus primeras vacaciones después de un año. Volvería pasado mañana, pero no estaba segura de si Hyungjun regresaría cuando concluyera su trabajo.

Yujin recordó los inicios de la librería, cuando todo era incierto y no había nada claro. El punto de partida un año atrás había sido desconocido y extraño. Afortunadamente, no se materializó ninguno de sus temores infundados. ¿Habría sido gracias a las personas? ¿Habría sido el lugar? Ese espacio, con el que quiso llenar el corazón de los otros, terminó llenando el suyo.

Sin darse cuenta, la vida de Yujin había pasado a un nuevo capítulo. Durante el año en Soyangri, algo en ella había cambiado. No estaba segura de si considerarlo un crecimiento, pero lo cierto era que la Yujin de hace un año y la de ahora eran personas distintas. Lo mismo podía decirse de Siwoo, Hyungjun y Serin.

Encendió el motor del coche. Tras almorzar con su superior y el señor Kang, regresó a la librería. La idea de volver a Soyangri sin Siwoo ni Hyungjun le provocaba una sensación extraña. Salió de la jungla de rascacielos de la avenida Teherán y tomó la autopista Gyeongbu, que estaba llena de vehículos como siempre. Después de conducir durante una hora, vio las familiares curvas de las colinas. Entró por la carretera secundaria y, cuando el coche comenzó a hacer ruidos y a tambalearse debido a los baches, se sintió en casa.

Ahora Soyangri era su hogar. Aunque era mediados de marzo, las cimas de las montañas aún estaban cubiertas de nieve y, bajo las laderas, se asomaban con timidez las hojas de un verde claro. Del otro lado de la montaña se divisaba «La cocina de los libros de Soyangri». Esperaba que ese lugar fuera un refugio donde cualquiera pudiera descansar cada vez que la vida se volviera turbulenta.

Yujin estacionó y caminó sin apuro hacia la cafetería. Un perro *jindo* apareció sacudiendo el rabo. Era Caminata, la perrita que habían adoptado hacía un mes. Detrás de ella estaba Serin, alborotada. Cuando estaba a punto de colocarle la correa, la perra salió corriendo al ver a Yujin. Desde fuera se veía el interior de la cafetería, donde los clientes leían libros y conversaban entre sí. Parecía una película.

En ese instante, la fragancia del ciruelo llegó con la brisa. Sus flores blancas exhalaban un aroma dulce y delicioso que se mezclaba con la nieve. En Soyangri, donde aún no se había puesto el sol, la luna blanca colgaba del cielo como si fuera una pintura.

Palabras de la autora

Hubo una noche en la que regresaba de un viaje de trabajo en un vuelo nocturno. En un aeropuerto sin mucha gente, esperaba en la sala y me detuve a observar la luna redonda. En ese momento, tuve la sensación de que mi vida estaba al borde de una frontera incierta. Estaba en un aeropuerto desconocido y me di cuenta de que mi vida no estaba arraigada en ningún lugar, que no me atrevía a dar un paso valiente hacia ningún lado. Me sentía atrapada en una sala de espera.

En retrospectiva, mis treinta fueron una sala de espera en algún aeropuerto. Tuve que permanecer mucho más tiempo de lo que esperaba en esa zona fronteriza de la vida. Mis planes originales fueron alterados por «demoras» y «retrasos» que aparecían todo el tiempo. A veces, incluso sufrí «cancelaciones». Me ahogaba en el océano del deber. Debía casarme, tener hijos, cambiar de trabajo. Mientras algunos se subían a aviones gigantes para regresar a sus hogares y otros con elegancia hacían trasbordo a mundos nuevos, yo estaba estancada en una lista de espera. Aunque aparentaba ser activa y optimista, atravesé mis treinta con la sensación de estar caminando por la cuerda floja.

En el verano del 2020, renuncié a mi trabajo y comencé a hacer traducciones. Con la pandemia del COVID-19 y la renuncia, sentí que el mundo me había bajado la persiana. Necesitaba algo que me conectara nuevamente. Por eso comencé a leer novelas y ensayos. Leer siempre había sido mi manera de lidiar con el estrés. No pasó mucho tiempo hasta que surgió en lo profundo de mi ser una sed particular. No era una sed de querer escribir, sino más bien una sed que solo se aliviaría si escribía. Y en la primavera del 2021, cuando cumplí cuarenta años, empecé a soñar con el mundo de *La cocina de los libros de Soyangri*.

Comencé a oír mi voz interior, que desde mis treinta sonaba caótica y preocupada. Soñaba con un lugar donde mi corazón pudiera descansar, donde pudiera recibir consuelo y aliento. Escribí esta historia pensando en que, si yo la leyera a los treinta, me alegraría. Creé el mundo de esta librería para recordar los momentos felices de esa década. Si mi yo de los treinta hubiera leído este libro, quizás habría podido atravesar la oscuridad que se le presentó con un poco más de serenidad y tranquilidad. Si mis hijos pudieran leer este libro en sus treinta, sería suficiente para hacerme feliz. Así como encontramos la luz de las estrellas viajeras, rezo para que esta historia llegue a mis hijos.

Me fui familiarizando poco a poco con los personajes del libro y viajé con ellos a través de las cuatro estaciones de la historia. Al describir los cambios de la naturaleza en cada estación y enfrentarme a los episodios que se asemejaban a la primavera, al verano, al otoño y al invierno de los treinta, sentí que también vivía esos momentos. Disfruté mucho leyendo libros y escribiendo esta novela en una pequeña cafetería de mi barrio. Durante las mañanas fui muy feliz. Al observar los paisajes que había fotografiado en el monte Maisan, imaginaba cómo soplaría el viento en el bosque o cómo brillaría el sol entre los árboles. Escribí pensando en lo hermoso que sería reunirme con seres queridos al caer el sol y bajo las estrellas, compartir una charla y una comida cálida. Sin darme cuenta, los personajes de la novela comenzaron a encontrarse, a compartir comidas, escuchar música juntos, hablar de libros y beber vino. Me sentía a su lado, participando en esas conversaciones que se extendían hasta el amanecer.

Escribir mi primera novela me hizo realmente feliz. Como nunca pensé que alguien leería mi trabajo, ahora me siento nerviosa. Pero creo que, si una pequeña parte de la felicidad que sentí al escribirla le llega a alguien, entonces la historia habrá cumplido su propósito.

Ojalá os emocionéis al ver una estrella brillar. Ojalá sintáis el impulso de llamar a un amigo al oír como se desatan las lluvias veraniegas y ojalá que el sol de otoño os recuerde una canción del pasado. Deseo que, al leer este libro, emerja de vuestro corazón un recuerdo dormido que os haga felices en este mundo asfixiante y depresivo. Y espero que ese recuerdo sea una canción o una historia tan reconfortante como el sol primaveral. Ojalá que, en la sala de espera de la vida, aquellos corazones ansiosos e inquietos puedan descansar y recuperar las fuerzas para caminar de nuevo, más allá de las fronteras que les imponen sus miedos.

En algún lugar entre la primavera y el verano.

En algún lugar de «La cocina de los libros de Soyangri».

¿TE HA GUSTADO ESTA HISTORIA?

Escríbenos a...

plata@uranoworld.com

Y cuéntanos tu opinión.

Conoce más sobre nuestros libros en...

 plataeditores

 PlataEditores